長田 弘詩集

新装版

ハルキ文庫

JN148135

角川春樹事務所

長田弘詩集

目次

three

four

＊本文イラスト あべ弘士

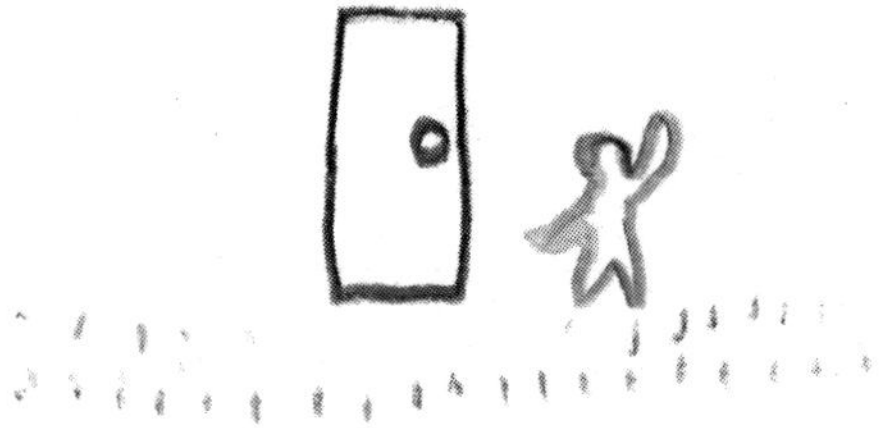

編注

＊本書は、『メランコリックな怪物（定本）』『言葉殺人事件』『深呼吸の必要』『食卓一期一会』『心の中にもっている問題』『世界は一冊の本』『小道の収集』『記憶のつくり方』を底本として、自選して新たに編集したものである。初出詩集一覧は巻末に収める。
＊ルビに関しては若干加えたものがある。

z e r o

最初の質問

今日、あなたは空を見上げましたか。空は遠かったですか、近かったですか。雲はどんなかたちをしていましたか。風はどんな匂《にお》いがしましたか。あなたにとって、いい一日とはどんな一日ですか。「ありがとう」という言葉を、今日、あなたは口にしましたか。

窓の向こう、道の向こうに、何が見えますか。雨の雫《しずく》をいっぱい溜《た》めたクモの巣を見たことがありますか。樫《かし》の木の下で、あるいは欅《けやき》の木の下で、立ちどまったことがありますか。街路樹の木の名を知っていますか。樹木を友人だと考えたことがありますか。

このまえ、川を見つめたのはいつでしたか。砂のうえに坐《すわ》ったのは、草のうえに坐ったのはいつでしたか。「うつくしい」と、あなたがためらわず言えるものは何ですか。好きな花を七つ、あげられますか。あなたにとって「わたしたち」というのは、誰ですか。

夜明け前に啼《な》きかわす鳥の声を聴いたことがありますか。ゆっくりと暮れてゆく西の空に祈ったことがありますか。何歳のときのじぶんが好きですか。上手に歳《とし》をとることができるとおもいますか。世界という言葉で、まずおもいえがく風景はどんな風景ですか。

いまあなたがいる場所で、耳を澄ますと、何が聴こえますか。沈黙はどんな音がしますか。じっと目をつぶる。すると、何が見えてきますか。問いと答えと、いまあなたにとって必要なのはどっちですか。これだけはしないと、心に決めていることがありますか。

いちばんしたいことは何ですか。人生の材料は何だとおもいますか。あなたにとって、あるいはあなたの知らない人びと、あなたを知らない人びとにとって、幸福って何だとおもいますか。時代は言葉をないがしろにしている——あなたは言葉を信じていますか。

one

おおきな木

おおきな木をみると、立ちどまりたくなる。芽ぶきのころのおおきな木の下が、きみは好きだ。目をあげると、日の光りが淡い葉の一枚一枚にとびちってひろがって、やがて雫《しずく》のようにしたたってくるようにおもえる。夏には、おおきな木はおおきな影をつくる。影のなかにはいってみあげると、周囲がふいに、カーンと静まりかえるような気配にとらえられる。

おおきな木の冬もいい。頬《ほお》は冷たいが、空気は澄んでいる。黙って、みあげる。黒く細い枝々が、懸命になって、空を摑《つか》もうとしている。けれども、灰色の空は、ゆっくりと旋《めぐ》るようにうごいている。冷たい風がくるくると、こころのへりをまわって、駆けだしてゆく。おおきな木の下に、何があるだろう。何もないのだ。何もないけれど、木のおおきさとおなじだけの沈黙がある。

散歩

ただ歩く。手に何ももたない。急がない。気に入った曲り角がきたら、すっと曲がる。曲り角を曲ると、道のさきの風景がくるりと変わる。くねくねとつづいてゆく細い道もあれば、おもいがけない下り坂で膝《ひざ》がわらいだすこともある。広い道にでると、空が遠くからゆっくりとこちらにひろがってくる。どの道も、一つ一つの道が、それぞれにちがう。

街にかくされた、みえないあみだ籤《くじ》の折り目をするするとひろげてゆくように、曲り角をいくつも曲がって、どこかへゆくためにでなく、歩くことをたのしむために街を歩く。とても簡単なことだ。とても簡単なようなのだが、そうだろうか。どこかへ何かをしにゆくことはできても、歩くことをたのしむために歩くこと。それがなかなかにできない。この世でいちばん難しいのは、いちばん簡単なこと。

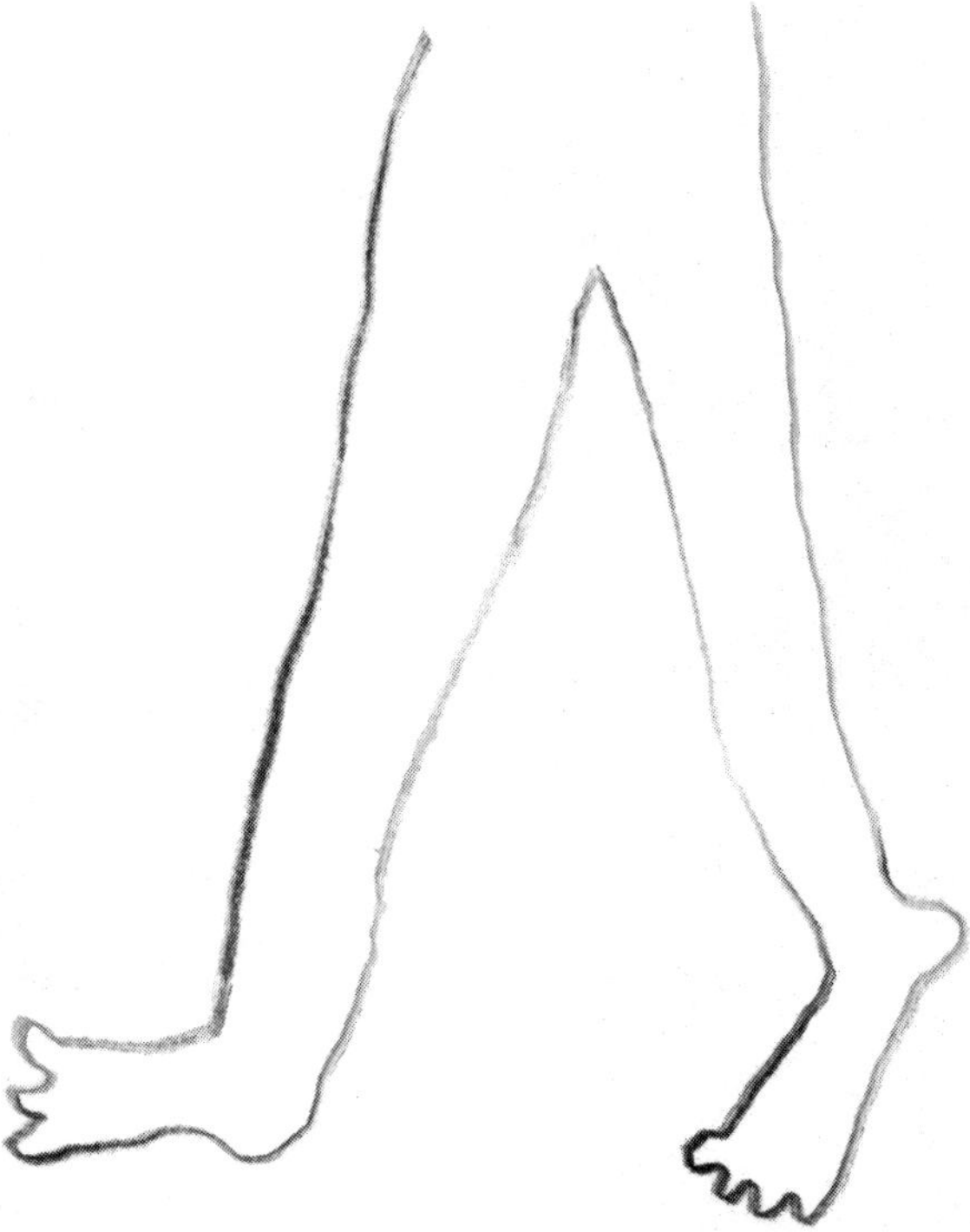

原っぱ

原っぱには、何もなかった。ブランコも、遊動円木もなかった。ベンチもなかった。一本の木もなかったから、木蔭《こかげ》もなかった。激しい雨がふると、そこにもここにも、おおきな水溜《みずた》まりができた。原っぱのへりは、いつもぼうぼうの草むらだった。

きみがはじめてトカゲをみたのは、原っぱの草むらだ。はじめてカミキリムシをつかまえたのも。きみは原っぱで、自転車に乗ることをおぼえた。野球をおぼえた。はじめて口惜《くや》し泣きした。春に、タンポポがいっせいに空飛ぶのをみたのも、夏に、はじめてアンタレスという名の星をおぼえたのも、原っぱだ。冬の風にはじめて大凧《おおだこ》を揚げたのも。原っぱは、いまはもうなくなってしまった。

原っぱには、何もなかったのだ。けれども、誰のものでもなかった何もない原っぱには、ほかのどこにもないものがあった。きみの自由が。

隠れんぼう

雨空を、すばらしい青空にする。角砂糖を、空から墜《お》ちてきた星のカケラに変える。五本の指を五本の色鉛筆にして、風の色、日の色をすっかり描きかえる。庭にチョコレートの木を植える。どんなありえないことだって、幼いきみは、遊びでできた。そうおもうだけで、きみは誰にでもなれた。左官屋にだって。鷹匠《たかじょう》にだって。「ハートのジャック」にだって。

　できないことができた。難しいことだって、簡単だった。遊びでほんとうに難しいのは、ただ一つだ。遊びを終わらせること。どんなにたのしくたって、遊びはほんとうは、とても怖《おそろ》しいのだ。

　きみの幼友達の一人は、遊びの終わらせかたを知らなかった。日の暮れの隠れんぼう。その子は、おおきな銀《いち》杏《よう》の木の幹の後ろに、隠れた。それきり、二どと姿をみせなかった。銀杏の木の後ろには、いまでもきみの幼友達が一人、隠れている。

驟雨

突然、大粒の雨が落ちてきた。家並みのうえの空が、にわかに低くなった。アスファルトの通りがみるみる黝《くろ》くなり、雨水が一瞬ためらって、それから縁石に沿って勢いよく走りだした。若い女が二人、髪をぬらして、笑いあって駈《か》けてきた。灰いろの猫が道を横切って、姿を消した。自転車の少年が雨を突っ切って、飛沫《しぶき》をとばして通りすぎた。

雨やどりして、きみは激しい雨脚《あまあし》をみつめている。雨はまっすぐになり、斜めになり、風に舞って、サーッと吹きつけてくる。黙ったまま、ずっと雨空をみあげていると、いつかこころのバケツに雨水が溜まってくるようだ。むかし、ギリシアの哲人はいったっけ。

（……魂はね、バケツ一杯の雨水によく似ているんだ……）

樹木の木の葉がしっとりと、ふしぎに明るくなってきた。遠くと近くが、ふいにはっきりしてきた。雨があがったのだ。

あのときかもしれない（二）

きみが生まれたとき、きみは自分で決めて生まれたんじゃなかった。きみが生まれたときにはもう、きみの名も、きみの街も、きみの国も決まっていた。きみが女の子じゃなくて、男の子だということも決まっていた。

一日は二十四時間で、朝と昼と夜とでできている。日曜は週に一どだ。十二の月で一年だ。そういうこともぜんぶ、決まっていた。きみはきょう眠った。だが目がさめると、きょうは昨日で、明日がきょうだ。それも決まっていた。きみが今夜寝て、一昨日の朝起きることなど、けっしてなかった。

きみが生まれるまえに、そういうことは何もかも決まってしまっていたのだ。きみがじぶんで決められることなんか、何ものこされていないみたいだった。赤ちゃんのきみは眠るか、泣くかしかできなかった。手も足もでなかった。手も足もすっぽり、産着にくるまれていた。

はるばるこの世にやってきたというのに、きみにはこの世で、することが何ひとつなかった。ただおおきくなることしか、きみはできなかった。それだってもともと決まっていたことだ。赤ちゃんのきみは何もできないじぶんがくやしかった。いつもちっちゃな二つの掌《て》を二つの拳《こぶし》にして、固く握りしめていた。

ところが、きみが一人の赤ちゃんから一人の子どもになり、立ちあがってじぶんで歩きだしたとき、そのきみを待ちぶせていたのは、まるでおもいもかけないことだったのだ。きみがじぶんで決めなければ、ほかにどうすることもできないようなことだった。きみはあわて、うろたえ、めんくらった。何もかも決められていたはずじゃなかったのか。だが、そうおもいこんでいたきみはまちがっていた。

きみが生まれてはじめてぶつかった難題。きみが一人の男の子として、はじめて自分で自分に決めなければならなかったこと。それは、きみが一人で、ちゃんとおしっこにゆくということだった。おしっこしたいかしたくないか、誰かにそれを決めてもらうことはできない。我慢するかしないか、ほかのひとに代わって我慢してもらうことはできない。きみにしかできない。きみは決心する。一人でちゃんとおしっこをする。

　つまり、きみのことは、きみが決めなければならないのだった。きみのほかには、きみなんて人間はどこにもいない。きみは何が好きで、何がきらいか。きみは何をしないで、何をするのか。どんな人間になってゆくのか。そういうきみについてのことが、何もかも決まっているみたいにみえて、ほんとうは何一つ決められてもいなかったのだ。

　そうしてきみは、きみについてのぜんぶのことを自分で決めなくちゃならなくなっていったのだった。つまり、ほかの誰にも代わってもらえない一人の自分に、きみはなっていった。きみはほかの誰にもならなかった。好きだろうがきらいだろうが、きみという一人の人間にしかなれなかった。そうと知ったとき、そのときだったんだ。そのとき、きみはもう、一人の子どもじゃなくて、一人のおとなになってたんだ。

あのときかもしれない（四）

「遠くへいってはいけないよ」。子どものきみは遊びにゆくとき、いつもそう言われた。いつもおなじその言葉だった。誰もがきみにそう言った。きみにそう言わなかったのは、きみだけだ。

「遠く」というのは、きみには魔法のかかった言葉のようなものだった。きみにはいってはいけないところがあり、それが、「遠く」とよばれるところなのだ。そこへいってはならない。そう言われれば言われるほど、きみは「遠く」というところへ一どゆきたくてたまらなくなった。

「遠く」というのがいったいどこにあるのか、きみは知らなかった。きみの街のどこかに、それはあるのだろうか。きみはきみの街ならどこでも、きみの掌のようにくわしく知っていた。しかし、きみの知識をありったけあつめても、やっぱりどんな「遠く」もきみの街にはなかったのだ。きみの街には匿《かく》された、秘密の「遠く」なんてところはなかった。「遠く」とはきみの街のそとにあるところなのだ。

ある日、街のそとへ、きみはとうとう一人ででかけていった。街のそとへゆくのは難しいことではなかった。街はずれの橋をわたる。あとはどんどんゆけばいい。きみは急ぎ足で歩いていった。ポケットに、握《にぎ》り拳《こぶし》を突っこんで。急いでゆけば、それだけ「遠く」に早くつけるのだ。そしたら、「遠く」にいったなんてことに誰も気づかぬうちに、きみはかえれるだろう。

けれども、どんなに急いでも、どんなに歩いても、どこが「遠く」なのか、きみにはどうしてもわからない。きみは疲れ、泣きたくなり、立ちどまって、最後にはしゃがみこんでしまう。街からずいぶんはなれてしまっていた。そこがどこなのかもわからなかった。もどらなければならなかった。

きた道とおなじ道をもどればいいはずだった。だが、きみは道をまちがえる。何遍《なんべん》もまちがえて、きみはワッと泣きだし、うろうろ歩いた。道に迷ったんだね。誰かが言った。迷子だな。べつの誰かが言った。迷子というのは、きみのことだった。きみは知らないひとに連れられて、家にかえった。叱《しか》られた。

「遠くへいってはいけないよ」。

子どもだった自分をおもいだすとき、きみがいつもまっさきにおもいだすのは、その言葉だ。子どものきみは「遠く」へゆくことをゆめみた子どもだった。だが、そのときのきみはまだ、「遠く」というのが、そこまでいったら、もうひきかえせないところなんだということを知らなかった。

「遠く」というのは、ゆくことはできても、もどることのできないところだ。おとなのきみは、そのことを知っている。おとなのきみは、子どものきみにもう二どともどれないほど、遠くまできてしまったからだ。

子どものきみは、ある日ふと、もう誰からも「遠くへいってはいけないよ」と言われなくなったことに気づく。そのときだったんだ。そのとき、きみはもう、一人の子どもじゃなくて、一人のおとなになってたんだ。

あのときかもしれない（九）

掛時計がボーンとなる。鳩時計《はとどけい》がクックーと啼《な》く。目ざまし時計がピーンと一瞬鋭い音をたてる。秒針は走る。長針が大股《おおまた》で追いかける。短針はうずくまる。どの時計も急いでいる。急ぎながら、呟《つぶや》いている。

時計屋さんの店のなかはいつも時を刻む音でさわがしかったが、時計屋さんはいつも静かなひとだった。一日じゅう店にすわって、黙々と、時計の修理をしていた。

時計屋さんは散歩が好きだった。子どものいない時計屋さんは、子どものきみをよくいっしょに散歩につれていってくれた。時計屋さんの店にゆく。時計屋さんは、きみの家のすぐちかくだ。「きたな」。きみの顔をみると、時計屋さんは立ちあがる。一本脚で、たくみに。時計屋さんは片脚がなかった。いつもズボンの片っぽを半分に折って、松葉杖《まつばづえ》をついていた。

時計屋さんはきみにいろいろな話をしてくれた。長靴をはいた猫の話。北風のくれたテーブル掛けの話。立派な懐中時計をもった不思議の国のウサギの話。しかし、きみがいまでもいちばんよくおぼえているのは、時計屋さんがなぜ片っぽの脚を失《な》くしてしまったかという話だ。「戦争さ」。時計屋さんは静かに言った。「戦争にいって、おじさんは片っぽの脚をなくした。おじさんだけじゃない。戦争にいったひとは誰でも、何かを失くした。戦争で死んだひとは人生を失くした。人生ってわかるかな。ひとが生きてくってことだよ。おじさんは人生を失くすかわりに、片っぽの脚を失くした」。

「痛くない？」きみは訊《たず》ねる。きみは戦争を知らない子どもだった。

「痛くなんかないよ。脚は失くなっちゃったんだから、痛くもなんともないさ。痛いのは、こころだよ」。

「こころ？」

「そう、こころだよ。こころが痛い」。

時計屋さんはそう言って、あとは黙ってしまった。子どものきみにはわからなかった。こころっていったい何なのか。でも、それは訊《き》いてはいけないことのような気がした。こころって何だろう。こころが痛いってどんなことなんだろう。けれどもきみは、すぐにこころのことなんか忘れてしまう。

きみの家がべつの街に引越したのは、それからまもなくのことだ。それっきりきみは、なかよしだった時計屋さんのことも忘れてしまった。だがあとになって、まったく突然に、きみはずっと忘れていた時計屋さんのことをおもいだす。戦争で片っぽの脚を失くした時計屋さんがいつかきみに話してくれた話。それはきみがふっと「あゝ、こころが痛い」と呟いた日のことだった。そうだ、むかしなかよしだった片脚の時計屋さんもおなじことを言ってたっけ。こころが痛いって。

そのときだったんだ。そのとき、きみはもう、一人の子どもじゃなくて、一人のおとなになってたんだ。きみが片脚の時計屋さんの言った言葉をはっきりとおもいだしたとき。きみがきみの人生で、「こころが痛い」としかいえない痛みを、はじめて自分に知ったとき。

夏の物語――野球――

掴む。
滑る。
砂煙があがる。
倒す。倒れる。
どよめく。
沸く。
燃える。
ギュッとくちびるを噛《か》む。
苦しむ。焦る。つぶされる。
どこまでもくいさがる。
どこまでも追いあげる。
どこまでも向かってゆく。
波に乗る。拳を握る。
襲いかかる。陥《おとしい》れる。

踏みこむ。真っ二ツにする。
盗む。奪う。
　刺す。
振りかぶる。構える。
　投げおろす。打ちかえす。
叫ぶ。叫ぶ。
跳びつく。駆ける。
　　駆けぬける。
深く息を吸う。引き締める。
　かぶりを振る。うなずく。
狙《ねら》う。睨《にら》む。脅かす。
浴びせる。崩す。切りくずす。
むきだしにする。引きつる。
踏ン張る。
顔をあげる。腰を割る。
粘る。与える。ねじふせる。
　投げる。

打つ。
飛ぶ。
走る。
見事に殺す。
なお生きる。生かしてしまう。
付けいる。
追いこむ。
突きはなす。
手をだす。
見逃す。
読む。選ぶ。
黙る。
黙らせる。目に物みせる。
意気地をみせる。思い切る。
叩く。突っこむ。死ぬ。
(動詞だ、
野球は。

すべて
動詞で書く
物語だ）
あらゆる動詞が息づいてくる。
一コの白いボールを追って
誰もが一人の少年になる
夏。

two

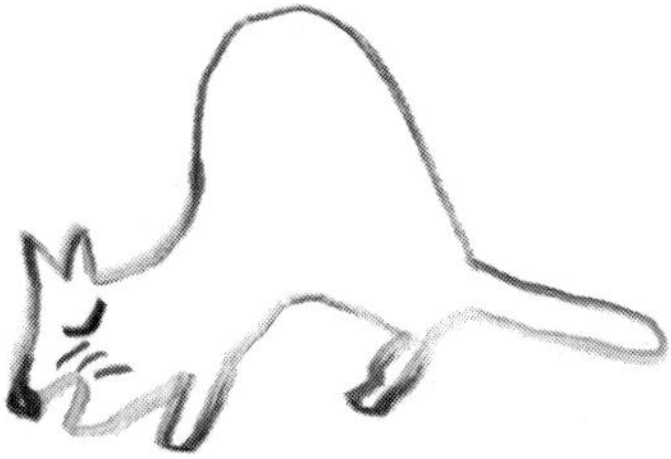

ねむりのもりのはなし

いまはむかし　あるところに
あべこべの　くにがあったんだ
はれたひは　どしゃぶりで
あめのひは　からりとはれていた

そらには　きのねっこ
つちのなかに　ほし
とおくは　とってもちかくって
ちかくが　とってもとおかった

うつくしいものが　みにくい
みにくいものが　うつくしい
わらうときには　おこるんだ
おこるときには　わらうんだ

みるときは　めをつぶる
めをあけても　なにもみえない
あたまは　じめんにくっつけて
あしで　かんがえなくちゃいけない

きのない　もりでは
はねをなくした　てんしを
てんしをなくした　はねが
さがしていた

はなが　さけんでいた
ひとは　だまっていた
ことばに　いみがなかった
いみには　ことばがなかった

つよいのは　もろい

もろいのが　つよい
ただしいは　まちがっていて
まちがいが　ただしかった

うそが　ほんとのことで
ほんとのことが　うそだった
あべこべの　くにがあったんだ
いまはむかし　あるところに

ひとはねこを理解できない

I

ねこがプディングを食べてしまった、
ほんとうの話です。
それだけの話です。
それだけの話なのだけれど、
ひとは怒り、大声で喚《わめ》いた。
　ゆるされない、そんなこと
　ねこばらに！
ねこがプディングを食べてしまった、
たかがそれだけの話だのに。

II

ねこが日傘をさして歩いていた、

ほんとうの話です。
それだけの話です。
それだけの話なのだけれど、
ひとは昂奮《こうふん》し、大声で喚いた。
　信じられない、そんなこと
　ねこばらに！
ねこが日傘をさして歩いていた、
たかがそれだけの話だのに。

III

ねこがめでたく犬とむすばれた、
ほんとうの話です。
それだけの話です。
それだけの話なのだけれど、
ひとは混乱し、大声で喚いた。
　ありえない、そんなこと
　ねこばらに！

ねこがめでたく犬とむすばれた、
たかがそれだけの話だのに。

IV

ねこがミァウミァウ西班牙《スペイン》語で鳴いた、
ほんとうの話です。
それだけの話です。
それだけの話なのだけれど、
ひとは愕《おどろ》き、大声で喚いた。
　できるわけない、そんなこと
　ねこばらに！
ねこがニャアニャア日本語で鳴いた、
たかがそれだけの話だのに。

V

理解できない出来事にひとは怯《おび》える。
ほんとうの話です。

それだけの話です。
それだけの話なのだけれど、
ねこは呆《あき》れて、犬に囁《ささや》いた。
　なんてつまらない生きもの、
　なんておかしな人間！
理解できない出来事にひとは怯える。
たかがそれだけで喚きはじめる。

スラップスティク・バラード

ドアを叩いた、
返事がなかった。
ドアを叩いた、
開かなかった。
ドアを叩いた、
窓がはずれた。
ドアを叩いた、
壁が崩れた。
ドアを叩いた、
屋根が墜《お》ちた。

ドアを叩いた、
叩いた、叩いた。

空地のまんなか、
家のないドアが一つ。

ドアのまえに一人の男、
拳《こぶし》のさきに一つのドア。

逆さ男のバラード

ぼくは逆立ちしてる
ときみはいうのか。

ちがうぞ、ぼくは
世界をささえている。

さかさまの世界を
両の手で。

地に足がついてない
男はいった。

探偵のバラード

探偵の手が受話器にのびた。
「犯人をみつけてくれ」
迷宮入りした事件の話だった、
犯人はまんまと姿を消していた。
ところで——
消えた犯人こそ探偵だった。
「難題だ」探偵は顔をつかんだ。
俺は俺自身をみつけねばならぬ。
当てなく、手がかりもなく。

ひとの歯のバラード

われら、
きみの口のなかに住む
三十二頭の白い馬。
だが、われらをきみは
飼うことはできない。
殺した獣の肉を噛《か》んでやり、
きみに食べものを
あたえるのは、われら。
きみはとある日死ぬだろう、
まったくきみは死ぬだろう。
お気の毒です、
われらは死を生きのびる。
きみ、まちがえるな
にんげんよ、

きみは死ぬひとである。

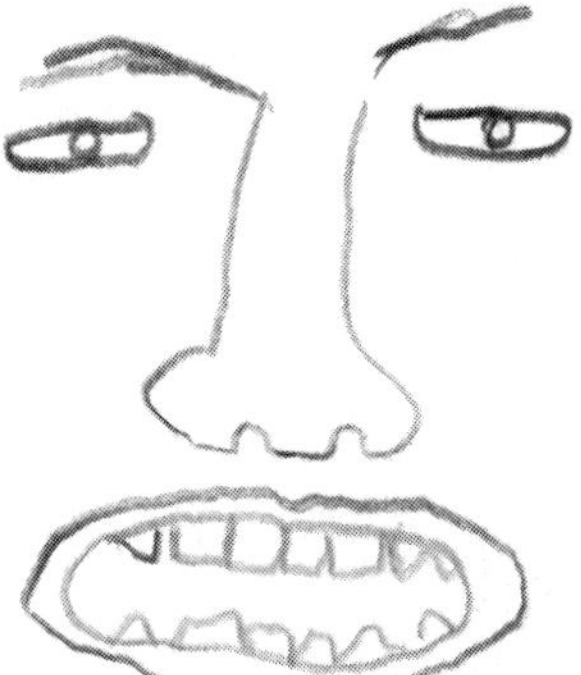

殺人のバラード

すると、
きみはバッタリと倒れるだろう。
血の一滴も流れないだろう。

殺人はむずかしくない。
きみはあっさり死ぬだろう。
手口は簡単。

額に銃口。
指に引き金。
あとはただ薬莢《やっきょう》なしのコトバを詰める。

一瞬ののち！
きみは自分を発見する。

死んでいる自分。

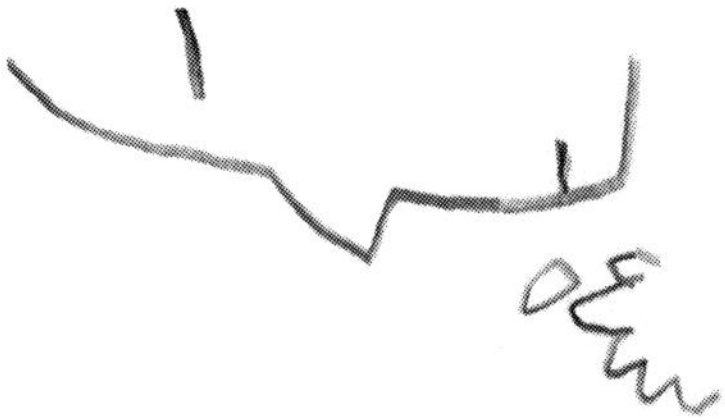

ものがたり　1

夜だというのに
日はかんかん照りだ。
海だというのに
地下鉄が走る。
線路もないのに
轢死者《れきししゃ》が立ちあがる。
血だらけの腕を突きだす。
傷がないのに
痛みがある。
その日、
遠くの森で
鯨が道に迷って死んでいた。
空っぽを、胃に
いっぱい詰めて。

それらすべてを目撃したのは
ただ盲《めくら》だけ。

ものがたり　2

歩くものが
歩いていない。
聴いているけれども
聴いてはいない。

したものは
しなかったし、
夢みても
夢を知らない。

走るのは躄《いざり》、
摑《つか》むのは手ンぼうだ。
つんぼだけが耳すましてる日、
叫ぶのは啞《おし》。

木ちがいの木に
鳥ちがえた鳥。
鏡よ、鏡なんて
誰がたずねるものか。

喋《しゃべ》くるものは
何ひとつ喋っちゃいない。
黙ってるものは
何ひとつ黙っちゃいない。

言葉の死

言葉が死んでいた。
ひっそりと死んでいた。
気づいたときはもう死んでいた。

言葉が死んでいた。
死の際を誰も知らなかった、
いつでも言葉とは一緒だったが。

言葉が死んでいた。
想《おも》ったことすらなかったのだ、
いったい言葉が死ぬなんて。

言葉が死んでいた。
偶然ひとりでに死んだのか、

そうじゃないと誰もが知っていた。

言葉が死んでいた。
死体は事実しか語らない。
言葉は殺されていた。

言葉が死んでいた。
ふいに誰もが顔をそむけた。
身の危うさを知ったのだ。

言葉が死んでいた。
誰にもアリバイはなかった。
いつでも言葉とは一緒だったのだ。

言葉が死んでいた。
誰が言葉を殺したか？
「私だ」と名乗る誰もいなかった。

three

探した——子供たちのように1

不滅なものは信用できない
おお、ぼくの友だち、絶望が不当に傷つけたさびしい少年
つらいぼくの夢はおわったさ
ながーい不信がかがやかす
荒廃した郊外いっぱいひろがった夢
夢はいつだっておわったあとで夢みられる夢だぼくは
もうすでに出立したんだこのぼくのなか
みえっこないほど深いセンチメンタル・ジャーニー
知らなかったかい？　ぼくは
終始いつだって誰れでもなかった誰れひとり
ほんとうにぼくたちの誰れであることもできなかった
それでもはじめるしきゃなかったんだよ、ぼく
狂気と永遠を区別することから
純潔と性的倒錯を熱烈に混ぜあわせることから

恐怖だけが純粋だなんて！　くそっ
そいつをかんがえると口惜《くや》しくなってきて
ああ、ほとんど泣きだしちまいたくなるぐらいなんだなあ
ぼくがおしまいまで巧《うま》くやってゆけないかどうか
そんなことぼくがどうして知るもんか
ちぇ、どんないろしてるんだろ？　ぼくの
怒りや焦りやたまんない衝動のいろ？
ぼくの知らないぼくの青春の
皮膚のいろって、え？
ぼくは探した探した探した
探しためまいのするほどぐるぐる廻《まわ》って
おおきな積木とちいさな影のあいだで
一日じゅうケンケンをしてくたびれきった
子供たちのようにくたびれるまで
探した探したこのぼくがいまここにいる
場所と名まえ

叫んだ——子供たちのように2

公園のなかに公園があり、
ブランコのなかでブランコをおおきく揺すると
あたりの風景がにわかにずれだした。
クリーニング屋がみるみる二軒になり三軒になり
菓子屋は草餅《くさもち》いろでいっぱいになり、
理髪屋がくるくる三色旗のように廻りはじめた。
三輪車が屋根のうえにふわりと浮かび、
雲みたいな遠くで
苺《いちご》をかぶったケーキが恐竜みたいにキラキラ……
素敵だぞ、問題ないぞ
ぼくは天才魔術師だ、知らないか
それから威張って熊《くま》のミーシャに命令した。
「メリー・ポピンズ」を歌え！
あかんべえをしろ！

しかしミーシャは絶対に嫌だといった、
三べんも五へんもかぶりを振った。
もう駄目だ、四月のサーカスは解散だ。
ちぇ、敗《ま》け敗けだなあ、ぼくぁ
ブランコを跳びおりて、ぼくは走った。
さあ今度は何になろう？　走った、走った、
ツメクサも躑躅《つつじ》も生垣たちも一列になって走った。
走って転んだ、転んで走ってぼくは決めた。
もう何にもなってなんかやるもんか
ぼく、何ものにもならないものになる！
足を踏んで、泣き声で叫んだ。

おぼえたこと――子供たちのように3

かつてぼくの
昼の世界は樹木と影でいっぱいだった。
動物たちとともに、混乱を生きるのに夢中だった。
大人になるなんておもってもみなかった。

それは、ぼくの
幼年のはっきりとした掟《おきて》だった。
夜には、父親と母親がひそひそ
殺戮《さつりく》と葬式について語りあうそばで眠ったんだ。

忘れるものか、ある日戦争は敗け、
ぼくのささやかな掟はやぶられた。「あなたは
何になりますか?」小学校で先生がいった。
「腕のたつ錠前屋か、化学者になります」

だが、どっちにもぼくはなれなかった、
結局は何になろうと構わないんだ。
樹木も、影も、動物たちもいまはない。あれから
自分の手に摑《つか》んだだけの言葉を覚えたきりだ。

海をみにゆこう——子供たちのように4

「海をみにゆこう」
ときみはいった。
指をからませて
八月のまぶたのしたを
渇いたこころのいちばん遠い突堤まで
ぼくたちは走っていった
波と犬のようにじゃれあって、
海草のようにみすてられて。
足うらで石が燃えたち、
舟が太陽のバリケードのように灼《や》けていたら
それはぼくたちのいい兆しだった。

けれど、熱い夢の波打際で
去ってしまうよ

去ってしまうよ
と一日じゅう水母《くらげ》がつぶやいていた。
じぶんがもっともっと大きかった日のことを
貝殻は固くなってかんがえていた。
影のなかで想像の仔猫《こねこ》たちがまどろむとき
ぼくたちはもうどこにもいない。
向日葵《ひまわり》、ゆっくり廻れ
アイスクリームは死ね。

海、
目にいっぱいの
真ッ青な血。

黙った——子供たちのように5

レトルトや上皿天秤《うわざらてんびん》
三脚ルーペや葡萄糖《ぶどうとう》がとても欲しかった
でも何ひとつ買ってもらえなくて
いつも涙を溜《た》めて父を見上げてばかりいたのよ
赤坂見附《あかさかみつけ》へ下ってゆくさむい夜の坂道で
幼馴染《おさななじみ》の女優がつぶやいた
いまわたしはどんな人間になりたいんだろう？
遠い地方都市のアルコール・ランプのうえで
ビーカーや試験管がコトコト鳴っているぼくたちの少年
おぼえてるかい、まだここにはないもの
経験したことのない冷めたいパッション、けっして
あらわすことができないかもしれない明晰《めいせき》な夢
ぼくらはそうした不在への愛に駆りたてられて生きてるんだって
プトレマイオス・クラウディオスの天動説は

間違いだった、ぼくはいつか
革命の翌日の午前のような詩を書くだろう
中学の科学教室の女生徒のように
女優は『スカパン』のゼルビネットの声で笑いだした
わたしたち、未来を記憶することに賭《か》けるべきね？
ちがう、未来こそぼくらの現在を追憶せよ、だ
ふるえているちいさな彼女の肩を抱いて
それきり黙ったまま
赤い繭のような
首都の沈黙のなかへ
ぼくたちは入っていった

キャベツのための祈り

キャベツを
讃《たた》えよ。
すべてはキャベツにしてキャベツ、
かつキャベツにしてキャベツにすぎない。
ねがわくは、われらの
キャベツがキャベツにして
正しくキャベツならんことを。
キャベツがキャベツであるごとく
ありふれてキャベツであり
なによりキャベツであり
キャベツにおいてキャベツならんことを。
ねがわくは、われらの
手にキャベツを、
われらにキャベツを、

われらの日々のキャベツをあたえたまえ。
われらのキャベツをキャベツとして
キャベツをして
キャベツたらしめたまえ。
かくてキャベツ、
キャベツにほかならぬキャベツを
祝福したまえ。
キャベツはキャベツにしてキャベツ、
かつキャベツのごとく
キャベツなればなり。
キャベツを
讃えよ。
かつてナルニア国をつくりあげた
敬虔《けいけん》な英国の老教授は
キャベツ畑を讃えて言った。
「この畑はね、ただのキャベツ畑だけれど、
きちっと一列にならんで葉をだして、

すばらしいね」

クロワッサンのできかた

むかしむかし、あるところに
深い森の奥の、そのまた奥に、
魔女が一人で気ままに暮らしていた。

一人でも淋《さび》しくなかった、忙しかったから。
粉をこね、パンを焼く、クッキーを焼く。
終日、ケーキづくりに余念がなかった。

家だってぜんぶ、手づくりのお菓子の家。
床と柱はパンで、煙突はチョコレート、
窓は白砂糖、壁はクッキーでできていた。

森の奥はいい匂《にお》いで、いつも一杯だった。
ところが魔女は、いつでも腹ペコだった。

パンは大嫌い。クッキーも、ケーキも大嫌い。
齢《とし》をとったもとったも、石のように齢とった
魔女の大の好物は、何だったとおもう?
子どもだ。とらえて、ぐつぐつ煮て、食べる。

甘いおいしい家で、魔女はじっと待っていた。
いつか子どもたちが森の奥に迷いこんできて、
甘いおいしい匂いに誘われて、扉を叩くのを、

ところが、待っても待っても、誰もこなかった。
それでも、魔女は毎日粉をこね、パンを焼き、
そうして、どうしようもなく、腹ペコだった。

ある日、空腹のあまり、足元がふらついて、
魔女は転んだ、どッとばかりパン窯《がま》のなかへ。
パタンと窯《かま》の戸が閉まった。それでおしまい。

あとにはただ、魔女のかたちのパンだけがのこった。
いつも腹ペコだった、パンつくりの名手の魔女の、
鉤《かぎ》状の鼻のかたちしたパン――クロワッサン。

サンタクロースのハンバーガー

玉葱《たまねぎ》をみじんに切ると、
涙がこぼれた。
挽《ひ》き肉と卵に玉葱と涙をくわえ、
牛乳にひたしたパンを絞ってほぐした。
粘りがでるまでにつよく混ぜあわせる。
できた塊は三ッに分けた。
深いフライパンでじっくりと焼いた。
柔らかなパンを裂いてハンバーグをはさんだ。
これでよし。
それから火酒を一壜《ひとびん》わすれちゃいけない。
世界はひどく寒いのだから。
今夜はどこで一休みできるだろう。
アルバータで一ど、トーキョーで一ど、
ハイファで一どは休めるだろう。

鬚《ひげ》のニコラス老人は立ちあがった。
老人は、まだ
一どもクリスマス・ディナーを食べたことがない。
クリスマスはいつも手製のハンバーガー。
とにかく一晩で世界を廻らねばならない。
夜っぴて誰もが夢の配達を待っている。
年に一ど、とはいえきつい仕事である。
夢ってやつは、溜息がでるほど重たいのだ。

アップルバターのつくりかた

コーヒー袋に穴あけた服を着た。
帽子のかわりに鍋《なべ》をかぶった。
林檎《りんご》の種子を袋につめて肩にかついだ。
ジョニー・アップルシードは、
遠くまで一人ではだしで旅をした。
とても静かな男だった。
日々の食事は粗末なパン。
あとはアップルバターがあればよかった。
ジョニー・アップルシードのバターをつくろう。
いい林檎をまず絞る。
うまいアップルサイダーをつくる。
深い鍋にたっぷりと注ぐ。
火にかけてしっかりと煮つめてゆく。
林檎を四ツに切って、芯《しん》をとって

鍋に沈めて、さらに煮つめる。
すっかりやわらかくなったらきれいに漉《こ》して、
トロ火でゆっくり、
ゆっくりと煮つめてゆく。
それでいい。
それがジョニー・アップルシードのバターで、
林檎の木をアメリカに
植えてあるいた静かな男は
チョクトー・インディアンの娘を恋し、
アップルバターでトウモロコシのパンを食べ、
空の下で祈り、
ある日、インディアナ州の
一本の林檎の木の下で死んだ。
夢を大地に植えて、
ひとは林檎の木の下に死すべきもの。
アップルのAがアメリカのA。

ショウガパンの兵士

小麦粉はよくよくふるって、
ジンジャー・パウダーと塩と一緒に
ミキシング・ボウルに入れて、
オートミールと赤砂糖を混ぜておいて、
そして、小さなソースパンにラードを敷いて、
ゴールデン・シロップをたっぷりと注いで、
ほんのすこし牛乳をくわえて火にかけて、
熱く溶かしてミキシング・ボウルに注いで、
さらに卵を割りいれて混ぜあわせて、
四人の兵士のかたちに
生地をつくって、
オーヴンに入れてきっちりと焼くと、
素敵なショウガパンの兵士のできあがりだ。
いやだ、兵士だなんて、と一人がいった。

てんでまちがってる、と一人がいった。
とにかく逃げだすんだ、と一人がいった。
ぼくらを匿《かく》まってくれ、と一人がいった。
もちろんさ、と子どもたちはこたえた。
そして、まんまと大人たちの目を盗み、
四人のショウガパンの脱走兵は姿を消した。
子どもたちの手びきで、
子どもたちの口のなかへ、
もう誰も兵士でなくていい場所へ。

日曜日

南にひらいた窓をあけて、
うんざりした気もちを放りだして、
古い木の椅子《いす》に、身をしずめる。
きれいな時間のほかは、何もいらない。
(きみは、おもわないか?)
世界はたぶん、バラの花と、
「こんにちは」でできてる、と私はおもうな。
(それから、「じゃ、またね」と、灰で)
いつも小文字で詩を書いた
カミングスさんが、そう言ったっけ。
単純でない真実なんてない。
日曜日のきみのたのしみ。
九官鳥に「くたばれ」という言葉をおしえる。
それから「くたばるものか」と言いかえす。

ライ麦の話

一本のライ麦の話をしよう。

一本のライ麦は、一粒のタネから芽をだして、日の光りと雨と、風にふかれてそだつ。ライ麦を生き生きとそだてるのは、土深くのびる根。一本のライ麦の根は、ぜんぶをつなげば６００キロにおよび、根はさらに、１４００万本もの細い根に分かれ、毛根の数というと、あわせてじつに１４０億本。みえない根のおどろくべき力にささえられて、はじめてたった一本のライ麦がそだつ。

何のために？

ただ、ゆたかに、刈りとられるために。

ブドー酒の日々

ブドー酒はねむる。
ねむりにねむる。

一千日がきて去って、
朱夏《しゅか》もまたきて去るけれども、
ブドー酒はねむる。
壜のなかに日のかたち、
年のなかに自分の時代、
もちこたえてねむる。

何のためでもなく、
ローソクとわずかな

われらの日々の食事のためだ。
ハイホー
ブドー酒はねむる。
われらはただ一本の空壜をのこすだけ。

four

テーブルの上の胡椒入れ

それはいつでもきみの目のまえにある。
ベーコン・エンド・エッグスとトーストの
きみの朝食のテーブルの上にある。
ちがう、新聞の見出しのなかにじゃない。
混みあう駅の階段をのぼって
きみが急ぐ時間のなかにじゃない。
きみのとりかえしようもない一日のあとの
街角のレストランのテーブルの上にある。
ちがう、思い出やお喋《しゃべ》りのなかにじゃない。
ここではないどこかへの
旅のきれいなパンフレットのなかにじゃない。
それは冷えた缶ビールとポテト・サラダと
音楽と灰皿のあるテーブルの上に、
ひとと一緒にいることをたのしむ

きみの何でもない時間のなかにある。
手をのばせばきみはそれを摑《つか》めただろう。
幸福はとんでもないものじゃない。
それはいつでもきみの目のまえにある。
なにげなくて、ごくありふれたもの。
誰にもみえていて誰もがみていないもの。
たとえば、
テーブルの上の胡椒《こしょう》入れのように。

何かとしかいえないもの

それは日曜の朝のなかにある。
それは雨の日と月曜日のなかにある。
火曜と水曜と木曜と、そして
金曜の夜と土曜の夜のなかにある。

それは街の人混みの沈黙のなかにある。
悲しみのような疲労のなかにある。
雲と石のあいだの風景のなかにある。
おおきな木のおおきな影のなかにある。

何かとしかいえないものがある。
黙って、一杯の熱いコーヒーを飲みほすんだ。
それから、コーヒーをもう一杯。
それはきっと二杯めのコーヒーのなかにある。

それは

それは窓に射《さ》す日の光りのなかにある。
それはキンモクセイの木の影のなかにある。
それは日々にありふれたもののなかにある。
Tシャツやブルージーンズのなかにある。
それは広告がけっして語らない言葉、
嘘《うそ》になるので口にしない言葉のなかにある。
それは予定のないカレンダーのなかにある。
時計の音が聴こえるような時間のなかにある。
誰のものでもないじぶんの一日のなかにある。
それは、たとえば、ちいさなころ読んだ
「シャーロットのおくりもの」のなかにある。
あるいは、リンダ・ロンシュタットの
スペイン語のうつくしい歌のなかにもある。
名づけられないものが、そのなかにある。

それが何か、いえないものがある。

タンポポのサラダ

タンポポの葉を摘んできた。
やわらかな葉を一枚一枚、
水で洗ってよく水気を切った。
ゆで卵を一コみじんに切って
オリーヴ油と酢に、塩と
胡椒《こしょう》をくわえて、ソースをつくった。
それから、ベーコンを切った。
ちいさなサイコロのかたちに切った。
フライパンを火にかけて
油は入れずに、かりかりに炒《いた》めた。
そうしておいて、タンポポの葉と
ソースとをさっくりとあえる。
クレソンもわすれちゃいけない。
サラダ・ボウルに盛りつけて

かりかりのベーコンをさっと散らした。
「ライオンの歯」のサラダである。
「ベッドのオシッコ」のサラダである。
人にも議論にもつかれて
めざめる朝がある。
一人の朝のためのサラダである。
どこへでも飛んでゆきたくなる。

きみにしかつくれないもの

おおきな窓と、おおきな木の机。
必要な言葉と、好きな音楽。
猫は友達だが、神は知らない。
誇るべき何ももっていないけれど、
人生に欠けているものはないとおもう。
「子どものころ、きみは何になりたかった?」
「わからない」きみは微笑する。
「それから、ただちょっと年をとっただけ」
真実というのは、いつもひどく平凡だ。
ゆっくりとした時間をゆっくり生きる。
それ以上の晴朗《せいろう》さなんてない。
きみはきみにしかつくれないものをつくる。
西瓜《すいか》と「月の光《ムーンシャイン》」さえあればいい。
西瓜に穴あけて「月の光《ムーンシャイン》」をそそぐ。

ただそれだけだ。ただそれだけで
素晴らしいウォーターメロン・ワインを
きみはつくることができるのだ。

ジャムをつくる

イチゴのジャムでもいいし、
黒すぐりのジャムでもいいな。
ニンジンのジャムやリンゴのジャム、
三色スミレのジャムなんかもいいな。

わたしが眠りの森の精だったら、
もちろんネムリグサのジャム。
もし赤ずきんちゃんだったら、
オオカミのジャムをつくりたいな。

だけど、数字の一杯はいった
算数のジャムなんかもいいな。
そしたら算数も好きになるとおもうな。
いろんなジャムをつくれたらいいな。

「わたし」というジャムもつくりたいな。
楽しいことやいやなこと、ぜんぶを
きれいなおろし金できれいにおろして
そして、ハチミツですっかり煮つめて。

ドーナッツの秘密

ごく簡単なことさ。
牛乳と卵とバターと砂糖と塩、
ベイキング・パウダーとふるった薄力粉《はくりきこ》、
それから、手のひら一杯の微風《びふう》、
ボウルに入れて、よく掻《か》きまぜて練る。

指からスッと生地《きじ》が離れるぐらいがいい。
それがドーナッツのドーで、ドーを
長く使いこんだめん棒で正しくのばす。
粉をふったドーナッツ・カッターで切る。
そして熱い油のプールで静かに泳がせるんだ。

あとはペイパー・タオルで油をきって
きれいな粉砂糖とシナモンをまぶすだけ。

ごく簡単なことさ。
けれども、きみはなぜか知ってるか、
なぜドーナッツは真ン中に穴が開いてるのか？
まだ誰もこたえてない疑問がある、
いつもごく簡単なことの真ン中に。

ラヴレター

何の言葉も書かれていない。
宛名《あてな》と差出人の名と消印《けしいん》、
ただそれだけだ。

異国の街からの一枚の絵ハガキ。
木立ちの中の朝の光り、
尖塔《せんとう》と走る犬。

あとは何も書かれていない。
ただ沈黙だけが
そこにくっきりと書かれている。

他の誰れも書くことができない
言葉にならない言葉、それは

きみしか読むことができない。

一年の365分の1

川を眺めている人がいた
何をしているのか
見えないものを見るように
川の光りをみつめていた

木を見ている人がいた
何をしているのか
懐かしい人に会ったように
木の話すのを聴いていた

人混みで怒っている人がいた
誰も何も聞いていなかった
何を怒っているのか
鋭い声が悲鳴のようだった

電話をしている人がいた
受話器を手にもって
じっと考えこんでいた
じぶんに電話する方法は？

ひとは、ひとにとって
空気のごときものである
暖かな空気、あるいは
冷たい空気のように

空を見上げている人がいた
立ったまま、動かなかった
何をしているのか
空を捜していた

静かな日

目は見ることをたのしむ。
耳は聴くことをたのしむ。
こころは感じることをたのしむ。
どんな形容詞もなしに。

どんな比喩《ひゆ》もいらないんだ。
描かれていない色を見るんだ。
聴こえない音楽を聴くんだ。
語られない言葉を読むんだ。

たのしむとは沈黙に聴きいることだ。
木々のうえの日の光り。
鳥の影。
花のまわりの正午の静けさ。

立ちどまる

立ちどまる。
足をとめると、
聴こえてくる声がある。
空の色のような声がある。

「木のことば、水のことば、
雲のことばが聴こえますか？
「石のことば、雨のことば、
草のことばを話せますか？

立ちどまらなければ
ゆけない場所がある。
何もないところにしか
見つけられないものがある。

ことば

草をみれば、
草というだけだ。

ことばは、
表現ではない。

この世の本のなかには
空白のページがある。

何も書かれていない
無名のページ。

春の水辺。夏の道。
秋の雲。冬の木立。

ことばが静かに
そこにひろがっている。
日差しが静かに
そこにひろがっている。
何もない。
何も隠されていない。

five

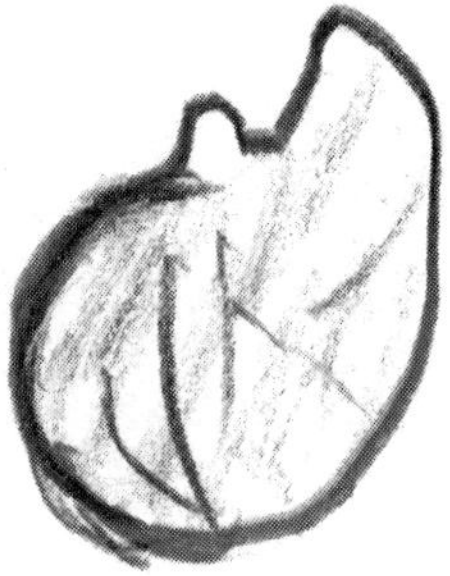

幸福なメニューのバラード

何のための言葉だ、
賞《ほ》められるための言葉だ。
メニューのための言葉は幸福だ。

否定されない言葉なら、
ぜんぶメニューに書いてある。
後払いでよいおいしい言葉。

メニューとしての詩集。
メニューとしての小説。
メニューとしての人生だってある。

メニューを読むような目で
世界を眺めることだってできるのだ。

メニューの言葉に目をちかづけよ。

何になさいますか。
お決まりですか。
すみません、あなたの言葉はないのです。

海辺のレストラン

テーブルに坐《すわ》った。
注文した。
ナプキンをひろげた。
メニューは完璧《かんぺき》だった、
うまそうだった。
だが、匙《さじ》がなかった。

匙だけがなかった。
すべてはそこにあった、
匙だけがなかった。

どうすればいい？
ただ坐っていた、

手に匙もなく。

日に日がな
目を皿に。
皿の中の海。

青いスープ。
光る海。
希望はなかった。

殺人者の食事

腕をあげて
ふせごうとした。
そうはさせない。

顔をふさいで
首をなぐった。
心臓に一撃。

膝《ひざ》から
やつは崩れた。
声ださず死んだ。

さあ、
食事だ。

素敵な食事だ。

焼きたてのパン
腿《もも》骨つき肉、
ボンレスハムの塊も。

なんておいしい
兇器《きょうき》だ。
きれいに食べた。

口をぬぐい、
椅子《いす》をなおした。
きちんと片づけて、
帽子をかむった。
低く口笛をふいた。
戸口で消えた。

くうか
くわれるか、
人生は食事だ。

あとにはただ、
台所に、
死体がひとつ。

シャシリックのつくりかた

まず、きみの
新鮮な心臓が
ひつようだ、
何よりきみの料理には。

冷たい水で
心臓は揉《も》むようにして
洗うのがコツだ。
臭味《くさみ》を消すんだ。

きれいな心臓を
いい包丁で二ツ割にする。
玉葱《たまねぎ》の皮を剝《む》いて切る。
そして、鋭く細い鉄串に

しっかりと刺すんだ。
心臓と玉葱は
たがいちがいにする。
小麦粉をまぶす。

そうやってきみは美味《びみ》にしなくちゃいけない
きみの心臓を、
熱く煮えたった揚げ油の
大鍋《おおなべ》に沈めて。

朝食にオムレツを

ピーマンを小さく角切りにした。
トマトも小さく角切りにした。
マッシュルームを薄切りにした。
チーズも小さくコロコロに切った。

ボウルに四コ、卵を割り入れた。
泡だてないように掻《か》きほぐした。
ピーマンとトマトとマッシュルームとチーズと
生クリームと塩と胡椒《こしょう》をくわえた。

厚手のフライパンにサラダ油を注いだ。
熱して十分になじんでから油をあけた。
それから、バターを落として熱しておいて
掻きまぜた卵液を一どに流しこんだ。

中火で手早く掻きまぜた。
六分目くらいに火が通ったら返すのだ。
そのとき、まちがいに気がついた。
きみは二人分のオムレツをつくってしまったのだ。

別れたことは正しいといまも信じている。
ずいぶん考えたすえにそうしたのだ。
だが今朝は、このオムレツを一人で食べねばならない。
正しいということはとてもさびしいことだった。

絶望のスパゲッティ

冷蔵庫のドアを開けて、
一コの希望もみつからないような日には
ピーマンをフライパンで焼く。
焼け焦げができたら、水で冷やして
皮をむき、種子《たね》をとる。
トマトを湯むきし、乾燥キノコも
水に浸《つ》けてもどし、20粒ほどの
オリーヴの種子をていねいにぬいて、
それらぜんぶとアンチョビーとケーパー、
パセリをすばらしく細かく刻む。
玉葱、大蒜《にんにく》、サルビアも刻む。
もうだめだというくらい切り刻む。
それからじっくりと弱火で炒《いた》める。
火をとめて、あら熱がとれたら

パルメザンチーズをたっぷりと振る。
しゃきッと茹《ゆ》でた熱いままの
スパゲッティにかけてよく混ぜあわせる。
スパゲッティ・ディスペラート。
絶望のスパゲッティと、
イタリア人たちはそうよぶらしい。
どこにも一コの希望もみつからない
平凡な一日をなぐさめてくれる
すばらしい絶望。

カレーのつくりかた

そうしなければいけないというんじゃない。
そうときまっているわけじゃない。
掟《おきて》じゃなくて、味は知恵だ。
こうしたほうがずっといい、それだけだ。
さて、殻つきのカルダモンとコリアンダーを
手のひらに一杯、それから
黒コショーとクミンを大さじ一杯、
クローヴを丸のまま一つまみ、
シナモンは棒で三本、それらの
スパイスをかさならぬようにひろげて
フライパンでかるく炒《い》る。
全体がカリンとしてきたら、火を止める。
強火《つよび》で焦がしちゃ絶対にいけない。
カルダモンの殻をていねいにむく。

それから、ぜんぶのスパイスを一緒にして
すり鉢でゆっくり細かく擂《す》りつぶす。
ターメリックの目のさめる黄色をくわえる。
サフランをくわえ、赤トーガラシで
辛味をつけて、さあカレー粉のできあがりだ。
香ばしい匂《にお》いがサッとひろがってくると、
いつだってなぜだかうれしくなる。
人生「なぜ」と坐ってかんがえるのもいいが、
知恵ってやつは「なぜ」だけでは解けない。
本質をたのしむ、それが知恵だ。
きみを椅子からとびあがらせる
とびきりのカレーをつくってあげるよ。
秘訣《ひけつ》はジンジャー・パウダーを混ぜること。
するどい後味《あとあじ》がじわじわと効いてくる。

ピーナッツスープのつくりかた

何はともあれ、
生のピーナッツどっさり。
湯にとおして一つひとつ皮をむく。
大鍋に水をたっぷりと入れる。
むいたピーナッツをざくっと沈める。
トロ火にかける。
ゆっくり、ゆっくりと煮る。
やがて沸騰《ふっとう》してきたら水を差し、
もう一どよくよく沸騰させる。
こんどは煮汁をこぼして、
灰汁《あく》をちゃんととる。
きれいな水をたっぷりと入れる。
煮とかしながら砂糖をくわえ、
ピーナッツがとろけてくるまで

ゆっくり、ゆっくりと煮る。
手間をおしまず
単純であること。
大層な言葉はいらない。
われらにひつようなのは、
大鍋一杯の長生果《ちょうせいか》のスープと、
すばらしく単純な挨拶《あいさつ》。
請吃甜《チンツテイエン》！
甘いものをください。

ユッケジャンの食べかた

悲しいときは、熱いスープをつくる。
胸肉、カルビ、胃壁、小腸。
牛モツをきれいに洗って、
水をいっぱい入れた大鍋に放りこむ。
ゆっくりくつくつと煮てスープをとる。
肉が柔らかくなったらとりだして
指でちぎる。
それから葱《ねぎ》のみじん、大蒜《にんにく》のみじん、
唐辛子みそに唐辛子粉、胡椒、
ゴマ、炒りゴマ、醬油《しょうゆ》を混ぜて
しっかりからませてからスープにもどす。
おおきめにぶつ切りした葱を放りこむ。
強火でどっとばかり煮立てる。
溶き卵を入れ、固まるまえに火を止める。

ユッケジャン、大好きなスープだ。
スープには無駄がない。
生活には隙間《すきま》がない。
「悲しい」なんて言葉は信じないんだ。
悲しいときは、額に汗して
黙って涙をながしながら
きりっと辛いスープを深い丼《どんぶり》ですする。
チョター！　芯《しん》から身体があたたまってくる。

Pathography

Osada Hiroshi a poet,
Wrote a pretty poem on Monday,
Revised it eagerly on Tuesday,
Erased it suddenly on Wednesday,
Found a blank in his life on Thursday,
Held his tongue on Friday,
No line he should write on Saturday,
No end no beginning on Sunday,
There's no way out,
For Osada Hiroshi a poet.

パソグラフィー

長田弘　詩人一匹
しゃれた詩を書く　月曜日
しゃかりき推敲《すいこう》の　火曜日
いきなり消します　水曜日
白紙をみつめて　木曜日
むっつり無口な　金曜日
なんにも書けない　土曜日
どうどうめぐりの　日曜日
出口なし
長田弘　詩人一匹

（谷川俊太郎訳）

嘘のバラード

本当のことをいうよ、
そういって嘘《うそ》をついた。
嘘じゃない、
本当みたいな嘘だった。
ほんとの嘘だ。
口にだしたら、
ただの嘘さ、
どんな本当も。
ほんとは嘘だ。
まことは嘘からでて
嘘にかえる。
ほんとだってば。
その嘘、ほんと?
ほんとは嘘だ。

嘘は嘘、
嘘じゃない。
ほんとに嘘だ。
嘘なんかいわない。
ほんとさ。
本当でも嘘でもないことを
ぼくはいうのだ。

ひつようなもののバラード

靴。
はきよい靴。
不揃《ふぞろ》いの雑踏。

どこへもゆき、
どこへもゆかない。
立ちどまる。

立ちどまりつつ、
歩く。
手でかんがえること。

ひつようなものは
わずかなもの。

ひつようが愛だ。

窓。
屋根。
青。

もう一杯のコーヒー。
二ど読める本。
三色の巷《ちまた》。

言葉。
白い紙に
黒い文字。

six

誰が駒鳥を殺したか

ある日、一羽の
駒鳥《こまどり》が殺された。

誰が殺した、
駒鳥を？

「ぼくじゃない」雀《すずめ》はいった。
「殺したやつだ、
殺されたやつを殺したのは」

では、誰がみた、
駒鳥が殺されるのを？
「ぼくじゃない」蠅《はえ》はいった。

「殺したやつだ、
誰もみてない殺しをみたのは」

では、誰がみつけた、
殺された駒鳥を？

「ぼくじゃない」魚はいった。
「殺したやつだ、
まっさきに殺された駒鳥をみたのは」

では、誰が希《ねが》った、
駒鳥が殺されるのを？

「ぼくじゃない」甲虫《かぶとむし》はいった。
「殺したやつだ、
殺されたやつの死を希ったのは」

では、誰が掘った、
殺された駒鳥に墓穴を？

「ぼくじゃない」梟《ふくろう》はいった。
「殺したやつだ、
墓穴の正しい大きさを知っていたのは」

では、誰が説教した、
殺された駒鳥に？

「ぼくじゃない」烏《からす》はいった。
「殺したやつだ、
殺されたやつに観念しろといったのは」

では、誰が祈った、
殺された駒鳥のために？

「ぼくじゃない」雲雀《ひばり》はいった。
「殺したやつだ、
殺されたやつの完璧《かんぺき》な死を祈ったのは」

では、誰が悲しんだ、
駒鳥の死を？

「ぼくじゃない」紅雀《べにすずめ》はいった。
「殺したやつだ、
殺したらもう殺せないと悲しんだのは」

では、誰が用意した、
殺された駒鳥のためにその棺《ひつぎ》を？

「ぼくじゃない」鳩《はと》はいった。
「殺したやつだ、
殺されたやつにぴったりの棺を用意したのは」

では、誰が参列した、
殺された駒鳥の葬儀に?

「ぼくじゃない」鳶《とんび》はいった。
「殺したやつだ、
予《あらかじ》め葬儀の日どりを知っていたのは」

では、誰が覆《おお》った、
駒鳥の棺を白布で?

「ぼくじゃない」みそさざいがいった。
「殺したやつだ、
事実を白々しく覆いかくしたのは」

では、誰が歌った、
駒鳥のために弔《とむら》いうたを?

「ぼくじゃない」鶫《つぐみ》はいった。
「殺したやつだ、
葬送行進曲の好きなのは」

では、誰が鳴らした、
駒鳥のために弔鐘を？

「ぼくじゃない」牛がいった。
「殺したやつだ、
鐘つきながら息ついてるんだ」

では、ここにいる誰でもなかった、
殺された駒鳥を殺したやつは。

それでおしまい。
問われたものは、殺さなかった。

問うものは、問われなかった。
殺されたものは、忘れさられた。

なんとありふれた殺し、
なんとありふれた裁き、
なんとありふれた日々、
ぼくたちの。

告示

殺されたものは
殺したものによって殺されたが
殺したものがいないのであれば
殺されたものもまたいないであろう
きみが殺されるまで

パイのパイのパイ

ある日、つくづくやりきれないものぜんぶ、
深い鍋《なべ》に入れ、水をひたひたに注ぎ、
気のすむまで、ぐらぐらに煮立てる。
それから、腐乳をぞんぶんにくわえて
さらに気のすむまで、じりじりと煮る。
鼻をつまみたい匂《にお》いがしだしたら、
火を止めて、じゅうぶんに振りまぜて、
よく挽《ひ》いたナツメッグ、茴香《ういきょう》、ジンジャー、
丁子《ちょうじ》、黒コショー、委細かまわずふりかけて
鍋を部屋の外にだし、そのまま放っておく。
気がむいたら、またもってきて火にかけて
うんざりするまで、ぐつぐつと煮立てる。
おもうさま勝手に、鍋をはげしく揺する。
そしたら、用意しておいたペーストのうえに、

用心ぶかく、洗いざらい鍋のものをあけ、
できれば数珠《じゅず》かけバトを一羽生きたまま、
それにカリフラワーやら牡蠣《かき》やら何やら
好きなだけのせて、塩を一つまみ撒《ま》く。
あとは、パイ皮がふくらんでくるまで、
そのままじっと辛抱して待つんだ。
きれいに焼けたら、きれいな大皿に盛る。
一瞬ののち、機敏にきびきびと、
皿ごとヤッとばかり窓の外に抛《ほう》りだす。
まったくあとくされないようにする。
パイのパイのパイのつくりかた、それが
その名も高いエドワード・リア先生の。

働かざるもの食うべからず

ぐうたらで、不平家で、ろくでなしで、腹へらし。
木の頭、木の手足の操《あやつ》り人形だった、ピノッキオは。
顔のまんなかに、先もみえないほどの長い鼻。
耳はなかった。だから、忠告を聞くことができなかった。

悪戯《いたずら》好きで、札つきの横着者《おうちゃくもの》で、なまけもの。
この世のありとあらゆる仕事のうちで、ピノッキオに
ほんとうにすばらしいとおもえる仕事は、ただ一つだった。
朝から晩まで、食って飲んで、眠って遊んでという仕事。

勉強ぎらい、働くこと大きらい、できるのはただ大あくび。
貧しくてひもじくて、あくびすると胃がとびだしそうだ。
けれども誰にも同情も、物も乞《こ》うこともしなかった。
食べるために働くひつようのない国を、ひたぶるに夢みた。

この世は性にあわない。新しいパン一切れ、ミルク・コーヒー、
腸詰のおおきな切り身、それから砂糖漬けの果物。
巴旦杏《アーモンド》の実のついた甘菓子、クリームをのせた蒸し菓子、
一千本のロゾリオやアルケルメスなどのおいしいリキュール。

それらを味わいたければ身を砕いて働けだなんて、
ぼくは働くために生まれてなんかきたんじゃないや。
腹へらしのなまけものの操り人形は、ぶつぶつ言った。
まったくなんて世の中だろう。稼ぎがすべてだなんて。

こころの優しい人があわれんで、パンと焼鳥をくれた。
ところが、そのパンは石灰で、焼鳥は厚紙だった。
服を売って、やっと金貨を手に入れて、土に埋めた。
水もどっさり掛けたが、金貨のなる木は生えなかった。

胃は、空家のまま五カ月も人が住んでいない家のよう。

それでもピノッキオは言いはった。骨折るのはまっぴらだ。操り人形が倒れると、駈《か》けつけた医師はきっぱりと言った。死んでなきゃ生きてる。不幸にも生きてなきゃ死んでいる。

＊コッローディ「ピノッキオ」(柏熊達生訳)

キャラメルクリームのつくりかた

用意するもの、
コンデンスミルク一缶と
アガサ・クリスティ一冊。
ミルクの缶は蓋《ふた》を開けずに
鍋に入れて、かぶるくらい水を差す。
そのまま火にかけて、文庫本をひらく。
こころおどる殺人事件。
アンドーヴァーで最初の殺人。
犯人不明。手掛りはなし。
ベクスヒル海岸で、チャーストンで
謎の殺人が次々とつづく。
第四の殺人のまえに、差し湯する。
湯のなかにかならず
缶が沈んでいるようにする。

ポワロ氏が髭《ひげ》をひねって微笑する。
「誰が何をいうと思う?　ヘイスティングス、
嘘《うそ》さ。
探偵は嘘によって真実を知るのさ」
急転、事件が解決したら
缶をとりだす。
充分にさましてから開ける。
すると!
缶のコンデンスミルクが
見事なキャラメルクリームに変わっている。
ABCのビスケットに
キャラメルクリーム。
アガサ伯母さんの味だ。

五右衛門

京でお尋ね者　伏見でお尋ね者
堺でお尋ね者　大坂でお尋ね者
石川五右衛門《いしかわごえもん》　その名も高い大泥棒

夜がきて丑満時《うしみつどき》がきて　朝がくる
物持ちたちが青ざめる　蔵は空っぽで
門のまえには　死体がごろごろ転がっていた

五右衛門のしわざだ　人びとは口々に言った
奪うものを奪って　風の噂《うわさ》しかのこさなかった
石川五右衛門　その名も高い大泥棒

ない所には何もない　ある所にはきっとある
闇《やみ》を駆け　月明りをぬけ　影のように走った

ある日悪運がつきた　一網打尽《いちもうだじん》つかまった
掟《おきて》きびしい　太閤《たいこう》の世の中
天下をとった男は　従わぬ者を許さない
その名も高い大泥棒は　うそぶいた

大泥棒は太閤秀吉　天下を盗んだ
善いこと一つしなかったが　おれは
人びとの浮世の夢は　盗まなかった

石川五右衛門　ならびに一族郎党
町中引きまわし　三条河原にて仕置
ぐらぐら油を焼きたてて　地獄の釜《かま》ゆで

ぐらぐらぐらぐら　ぐらぐらぐらぐら
絶景かな塵世《じんせい》の眺め　価千金
千日鬘《せんにちかつら》の大泥棒は言いのこして　息絶えた

よく晴れた　暑い夏の日だった
伝説のほか　骨一本のこさなかった
石川や　浜の真砂《まさご》は尽くるとも
世のあるかぎり　盗っ人のたねは尽くまじ
五百年　いつの世の人もわすれなかった
石川五右衛門　その名も高い大泥棒

s e v e n

ファーブルさん

Ⅰ

ファーブルさんは勲章や肩書をきらった、権威も。
ペコペコしたり無理を我慢したりは、真ッ平だった。
シルクハットは、逆さまにして、メボウキを植えた。
それから、一おもいに、足で踏みつぶした。

なくてならないものは、自由と、静かな時間と、
清潔なリンネルのシャツと、ヒースでつくったパイプ。
毎日、青空の下で、おもいきり精神を働かすのだ。
じぶんの人生はじぶんできちんとつかわねばならない。

黒い大きなフェルトの帽子の下に、
しっかりすわった深く澄みきった目。

ファーブルさんは、怠けることを知らなかった。
黙って考え、黙って仕事をし、慎ましやかに生きた。

目を開けて、見るだけでよかった。
耳を澄ませて、聴くだけでよかった。
どこにでもない。この世の目ざましい真実は、
いつでも目のまえの、ありふれた光景のなかにある。

II

目立たない虫、目には見えないような虫、
とるにたらない虫、つまらない虫、
みにくい虫、いやしい虫、くだらない虫。
ファーブルさんは、小さな虫たちを愛した。

生きるように生きる小さな虫たちを愛した。
虫たちは、精一杯、いま、ここを生きて、
力をつくして、じぶんの務めをなしとげる。

じぶんのでない生きかたなんかけっしてしない。

みずからすることをする、ただそれだけだ。
生命というのは、すべて完全無欠だ、
クソムシだろうと、人間だろうと。
世の中に無意味なものは、何一つない。

偉大とされるものが、偉大なのではない。
美しいとされるものが、美しいのではない。
最小ノモノニモ、最大ノ驚異アリ。
ファーブルさんは、小さな虫たちを愛した。

III

どんな王宮だって、とファーブルさんはいった。
優美さにおいて精妙さにおいて、一匹の
カタツムリの殻に、建築として到底およばない。
この世のほんとうの巨匠は、人間じゃない。

この地球の上で、とファーブルさんはいった。
人間はまだ、しわくちゃの下書きにすぎない。
われわれ貧しい人間にさずかったもののうちで、
いちばん人間らしいものとは、何だろうか。

「なぜ」という問い、とファーブルさんはいった。
ものの不思議をたずね、辛抱づよく考えぬくこと。
探究は、たくましい頭を必要とする労働だ。
耳で考え、目で考え、足で考え、手で考えるのだ。

理解するとは、とファーブルさんはいった。
はげしい共感によって相手にむすびつくこと。
自然という汲《く》めどつきせぬ一冊の本を読むには、
まず身をかがめなければいけない。

IV

狭いほうからしか世界を見ない人たちの、
とげとげしいまるで人を罵《ののし》るような言葉。
呪文《じゅもん》のような用語や七むつかしい言いまわし。
ファーブルさんは、お高い言葉には背をむけた。

言葉は、きめの細かな、単純な言葉がいい。
古い方言や諺《ことわざ》や日用品のようによくなじんだ言葉。
すっきり筋のとおったものの言いあらわしかた。
言いたいことを、目に見えるように書くのだ。

いつもクルミの木のちいさな粗末な机で書いた。
「ペンには、釣り針についたエサのように、
血まみれの、魂のきれはしがついている」
いつも血の通《かよ》った言葉でしか書かなかった。

仕事に疲れた夜は、ベッドで、好きな本を読んだ。
つねに素晴らしい楽しみだったウェルギリウス。
ラブレーは変わらぬ友人だった。ミシュレも。
純真なラ・フォンテーヌの一の弟子だった。

V

花々のあいだ、青葉のなか、暗い木の枝。
石ころだらけの狭い山道、日に照らされた荒地。
高い草、深い沈黙につつまれた野ッ原。
虫の羽音がさかんに暖かな空気を震わせている。

何一つ、孤立したものはない。
この地上で、生きる理由と究極の目的を
じぶんのうちにしかもたないものなんてない。
ものみな、無限のかかわりを生きているのだ。

有頂天《うちょうてん》のトカゲ、セミのジージー鳴く声、

飛ぶクモ、コウロギの悲しげな声、笑う北風。
ファーブルさんが語ったのは、新聞の
朝刊がけっして語らないような世界の言葉だ。

死がきて、ファーブルさんのたくましい頭から
最後に、黒いおおきなフェルトの帽子をとった。
そして、二十世紀の戦争の時代がのこった、
ファーブルさんの穏やかな死のあとに。

＊ファーブル『昆虫記』（山田吉彦・林達夫訳）、ルグロ『ファーブル伝』（平岡昇・野沢協訳）に基づく。

ぼくの祖母はいい人だった

サモワールがテーブルの上で、ヒューヒューと音を立てる。
祖母のお気に入りの場所は、いつもサモワールのそばだった。
朝の匂いは、生チーズ入りの裸麦粉の厚焼の匂い。
茴香《ういきょう》やスグリや熟《う》れたリンゴのなんともいえない香り。

貧しかったが、祖母は気にしなかった。倦《う》まずに働いた。
ときどき太い指でタバコを嗅《か》ぎ、うまそうにくしゃみして
大声で言った。「こんにちわ！　世々代々の世界さま！」
冬には熱いパンを、心臓に押しあててこころを暖めた。

知ってるかい？　火で牛乳をいぶしてよくよく発酵させた
ワレネーツの味を。蜂蜜《はちみつ》で味をつけて芥子《からし》をきかせた
レビョーシキの味を。祖母は言った、「どこでもねえだ。
おらたちの善い国は、あったけえ台所にありますだよ」

どんなときも、祖母は神と一緒だった。祖母にとっての神はすべての生きたものにとっての愛すべき友だ。まんまる顔のカザンの聖母像に、いつも祈った。「神さま、おめえさまにはおらたちにくださる浄《きよ》き知恵が足りませなんだか?」

寒い往来に物乞《ものご》いをみると、黙って台所に招きいれた。熱いお茶と一切れのパイのあとで、祖母は静かに言う。「達者にな。死神はちゃんとポケットに蔵《しま》っときなせえよ」傷ついた椋鳥《むくどり》にさえ、木片で義足をつくってやる人だった。

読み書きはできなかったが、おとぎ話、つくり話、詩を誰よりも知っていて、ゆっくり歌うように物語った。「何がなくともさ」と、祖母は言った。「好《よ》い物語をいっぱいもってるものが、この世で一番の果報者だよ」

祖母の時代は息苦しく、大人も子どもも倖《しあ》わせじゃなかった。

だが、無限につづく平日にあっては、悲しみも祭日である。

「何もかも過ぎるだ」祖母の言葉を、いまもおぼえている。

「けど、そうなくちゃならねえことは、そのまま残るだよ」

＊ゴーリキイ「幼年時代」（湯浅芳子訳）

eight

少女と指

街を歩く。街を歩きながら、物語のなかを歩いている。街を歩いていると、いつとはなくそんな思いにさそわれる。

歩くことが、読むことなのだ。街を歩く。街を物語として読んでいる。微笑一つ、みごとな短篇《たんぺん》なのだ。

まだ言葉にならない声。物語という古い言葉にはそんな意味がある。街の物語を織りなしているのも、そうしたまだ言葉にならない声だろう。街を歩く。街のもつまだ言葉にならない声の物語に、わたしはとらえられる。

ある正午すぎ、その事故は起きた。

いきなり激しく重い音が飛んだ。鋭いブレーキの音につづいて、鋭い衝突音がピリオドのようにひびいた。急いで角を曲がった。路上にはすでにひとが集まっていた。ちいさなひとの輪がくずれて、そのときぐったりとした少女が抱きかかえられて運ばれるのを見た。

　自転車に乗った少女を、車が轢《ひ》いたのだ。少女は自転車ごと撥《は》ね飛ばされ、車とガードレールのあいだに挟まって、倒れおちたのだ。だが、少女が運ばれたあともなお、ひとの輪はあいまいにのこった。輪のなかの路上には白いちいさなものがあり、みんながそれをじっと見つめていた。

　はじめは何かわからなかった。指だと誰《だれ》かが呟《つぶや》いて、指だとわかった。

　確かにそれは、根もとからちぎりとられた一本の指だった。傷口からとうに流れでてしまったらしい黯《くら》い血のぽっちりした塊のなかに、一本の白いローソクのような、まったく皮膚のいろを失ったその指が一つ、転がっていた。

　死んだ指は奇妙に生々しかった。指が死んでいる。そう呟きかけて、わたしはじぶんが見てはいけないものを見てしまったような感情につかまった。そこに死んでいるのが、指ではなく、指のような小人のように思えたのだ。

そのときからもう長い年月が経《た》っている。けれども、わたしはいまも唐突に、路上に死んで転がっていた白いほっそりした少女の指を、奇妙に生々しく思いだすことがある。それは、街のもつけっして言葉にならない声の物語のありかを、はじめてわたしにはっきりと指さしてみせた指だった。

指をひらいてみる。ひらいた指にひっそりと生きている十人の小人の存在を感じる。すると、ひとの輪をくずして運ばれていった、目をつむり青ざめていた少女の顔を思いだす。あれから、あの少女は幸福といえるものを、九本の指でつかんだろうか。指一本ぶんの隙間《すきま》からどうしても、幸福がこぼれおちてしまうということはなかったか。それとも、いまも指一本足りない拳《こぶし》を、握りしめたままでいるのだろうか。

橋をわたる

橋の下、川の流れのなかを、水が走っている。水は一団となって走ってくる。遅い水を追いぬいて、早い水がサッとまわりこむ。瘦《や》せた川の脚《あし》、川の筋肉がふくらんできて、ふいに静まる。そのまま沈んでゆく。水という水がいっせいに流れの下に隠れてしまう。そのうえを白いアワ、黒いゴミが、なかば溺《おぼ》れながら流れてゆく。

橋から川を見ているひとがいる。ありふれた川のありふれた景色。どこがおもしろいというのでもないし、何か変わったものが見えるのでもない。けれども、川をのぞきこんでいるひとの後ろ姿には、独得の影がある。疲れている。しかし、疲れているといいたくない。そんなじぶんを黙って見ている。そんな影がある。橋から川をのぞきこむような姿勢でしか、のぞきみることのできないようなものがある。こころのようなもの。橋から川を眺めているひとは、そうやってじぶんのこころをのぞきこんでいる。

こころなんてふだん気にかけることがない。こころなんて背中の、天使なら羽根の生えているあたりにひっついているのだ。そのくらいにしか考えない。こころにつ いて喋《しゃべ》ることは億劫《おっくう》だし、実際こころなんていまではとんでもない安値をつけている。今日こころのありようやもちようについて能弁に語る言葉は信用できない。それでも、何でもない川の流れを橋から眺めていると、じぶんのこころをのぞきこんでいるという思いが自然にやってくる。

橋にはひとを素直にさせる雰囲気がある。というのも、橋というのは、ありのままが橋だからだ。

橋はどこも吹きっさらしで、吹きぬけで、何もさえぎらず、とどめない。むきだしでいて、あらわなかたちをあらわなままに、何一つ隠すことをしない。内と外との閉ざされた区別を、橋は知らない。みせかけとほんとうの区別も知らない。

橋が知ってるのは、向こう側だけだ。ここから向こう側へゆく。向こう側へゆこうとするその橋の上で、思いがけずじぶんのこころに出くわす。

慕わしいひびきをもつ名。橋にはいい名の橋がおおい。無名橋。言問《こととい》橋。白鬚《しらひげ》橋。寒さ橋。一休み橋。いちもく橋。思案橋。袖摺《そですり》橋。わざくれ橋。猫股《ねこまた》橋。女橋。泪《なみだ》橋。螢《ほたる》橋。面影《おもかげ》橋。枕橋。別れ橋。新し橋。喰違《くいちが》い橋。火《ひ》除《よ》け橋。逢初《あいぞめ》橋。俎《まないた》橋。さながら一つ一つの名が人びとの、橋に托《たく》したひそやかな、忘れられた心情をつたえてくるようだ。

「小雨が靄《もや》のようにけぶる夕方、両国橋を西から東へ、さぶが泣きながら渡っていった」。山本周五郎の『さぶ』の書きだしだ。橋ほど物語のはじまりにしっくり似あうものはない。じぶんのなかにいる橋上の人に出会う。それが物語のはじまりなのだ。

ひそやかな音に耳澄ます

微《かす》かな音。もっとも微かな音。すべて静まりかえったなかに、しーんという音。遠くの音のようで、すぐ耳元に聴こえる音。とても稠密《ちゅうみつ》な音。静けさというのは、何の音もしないということとはちがう。静けさよりももっと静かな、もっとも微かな音が聴きとれることだとおもう。沈黙の音としかいえない音がある。その微かな音が、心音のように亢《たか》まってくる。空気がふっと濃くなってくるようだ。

一日はじつにさまざまな音でできている。必要な音。不必要な音。おもいがけない音。強いられるような音。驚くような音。不安を掻《か》きたてる音。途切れることのない低い音。押し殺したような機械音。どこまでも背後から追いかけてくるような音。おもわずふりかえるような音。騒々しい音の隙間からこぼれてくる音。音の向こうにある音。聴こえている。しかし、聴いていない音。

日常のバランスの感覚を深いところでささえているのは、音だ。日常というのは、いつも耳にする、よく知った音でできている。耳になじんだ音のなかには、落ちついた時がある。ずいぶん聴いたことがない。けれども、いつかどこかで聴いた音を耳にすると、懐かしく感じる。突然、まったく聴いたことのない、激しい音を聴く。何か異常なことが生じたのだ。異常な音にはじまるのが、異常だ。

意識して、あるいは意識しないままに、周囲のさまざまな音のなかに好ましい音、好ましくない音、知った音、知らない音をみずから聴き分けることで、おそらくひとの心の秤《はかり》は、微妙にたもたれている。音の景色は、すなわち心の景色だからだ。室内で聴く音。路上で聴く音。一人で聴く音。雑踏のなかで聴く音。散乱する音。不自然な音。かんがえられないような音。すべての音を覆《おお》いつくすような音。

音がきっと、おおすぎるのだ。おおすぎるのは、もともとはなかった音だ。つくりだされた音だ。だが、つくりだされた音は、じつは音をしりぞける音だ。つくりだされた音がおおすぎるということは、しりぞけられてきた音がそれだけおおいということだ。つくりだされた音に蔽《おお》われるままになってしまった音。聴きとることのかなわなくなった音。消されてしまった音。耳にしなくなった音。いつか失われていった音。

とりわけ小さな音だ。古語に数おおくあって、今日の言葉に数すくないのは、小さな音を愛《め》でる言葉だ。いまは小さな音がバズ（ブーンという音）に、耳ざわりな音にすぎなくなって、日常にあって、ひそやかな音に耳澄ますということが、心を楽しますものとおもわれなくなった。心解かれるのは大きな音、それも他の音を圧する音だ。大きな音ばかりが世にはばかるようになって、日々の表情をつたえる音がすくなくなった。

たとえば、夏目漱石が『永日小品』に書きとめた日々の音は、次のような音だ。
泥の音。森の中の雨の音。雨のざあーっという音。冬の半鐘の音。雨戸をはずして入って逃げた泥棒の足音。夜中に鼠《ねずみ》が鰹節《かつおぶし》をかじる音。襖《ふすま》を閉める音。火鉢の切り炭のぱちぱち鳴る音。欄間《らんま》に釘《くぎ》を打つ音。杉垣のつづく家から、微かに洩《も》れてくる琴の音。正月に、鼓《つづみ》をかんと打つ音。春の日に、子どもがヴァイオリンを擦る音。

火事の火の粉の飛ぶ音。激しく号鈴を鳴らしながら、馬の蹄《ひづめ》とともに到着する（消防の）蒸汽ポンプの音。青《あお》桐《ぎり》の枝を、植木屋が鋸《のこぎり》で、ごしごし引いて切り下ろす音。窓の障子をがらりと開ける音。老いた猫の、くしゃみともしゃっくりともつかぬ、苦しそうな音。大通りをがらがら押されてゆく荷車の音。下駄の歯入れ屋が古い鼓を天秤棒《てんびんぼう》にぶらさげて、竹のへらでかんかん叩《たた》きながら、垣根の外を通りすぎてゆく音。

どんな小さな音だろうと、音は日々のなかにある時代の音だ。漱石の書きとめた日々の音のほとんどは、いまではなくなった音だ。時代のもつ文明の音が、街の音だ。ひとが音にもつ記憶というのは、じぶんの耳で聴いた時代の文明の音の記憶なのだ。漱石はロンドンの街の音をおもいだす。漱石が「何となく居づらい」と感じたのは、道ゆくものがみな追い越してゆく都、烈《はげ》しく舗石を鳴らして急いでゆくひとの靴音のひびく街だ。

あるいは、広津《ひろつ》和郎《かずお》の『動物小品集』に誌《しる》された「あおまつむし」の鳴き声だ。

秋の夕暮れ、甲高く、鋭い、透きとおる声で、リリー、リリーと鳴く虫が、青松虫だ。遠くまでその声は通ってゆくが、鳴いている梢《こずえ》の真下にいってみても、どこで鳴いているのかわからない。それは遠いようにも、近いようにも聴こえる。近い声と遠い声とが、距離の区別がなく、おなじように鋭く、耳に迫ってくるような声だ。

聴きなれない青松虫の鳴き声を、作家がはじめて聴いたのは、日露戦争のすぐ後のころだったらしい。中国南部から輸入された桃の木に卵がついてきたといまは推定されている青松虫は、やがて、日本の秋の虫たちの、草ひばりや鈴虫やカネタタキやえんまこおろぎの鳴き声を、すべて圧倒するようになる。うつくしいが、耳をつんざくようなその鳴き声は鋭すぎる、と作家はおもう。この声の不作法者の渡来は、日本の秋の静けさをかきみだしてしまった、と。

子どもたちをつれて、作家は草むらに草ひばりを探しにゆく。だが虫の声に、子どもたちは関心をもたない。それほど身近な自然が無関心なものになったことに、作家はおどろく。かつては街のなかに自然が溢《あふ》れていた。心のなかにも自然が溢れていた。「――が今は若い人々の心に、自然は単純な自然のままではもう生きていない」。作家がそう誌した「今」とは、太平洋戦争とよばれた昭和の戦争の直前の時代だ。二十世紀前半の「今」の話だ。

追い越してゆく音。耳をつんざくような音。叩いて音がするのが文明開化だとした明治の俚言《りげん》にならっていうと、日々に音をつくりだすのが文明のありようであるなら、文化というのは静けさに聴き入ることだとおもう。もっとも単純なことだ。だが、もっとも単純なことが、いまはもっともむずかしいのだ。次の単純な問題にこたえることがとてもむずかしいように。

問題。今日、聴いた音は、次のどの音か。風の音。樹《き》の音。鳥の声。川の音。

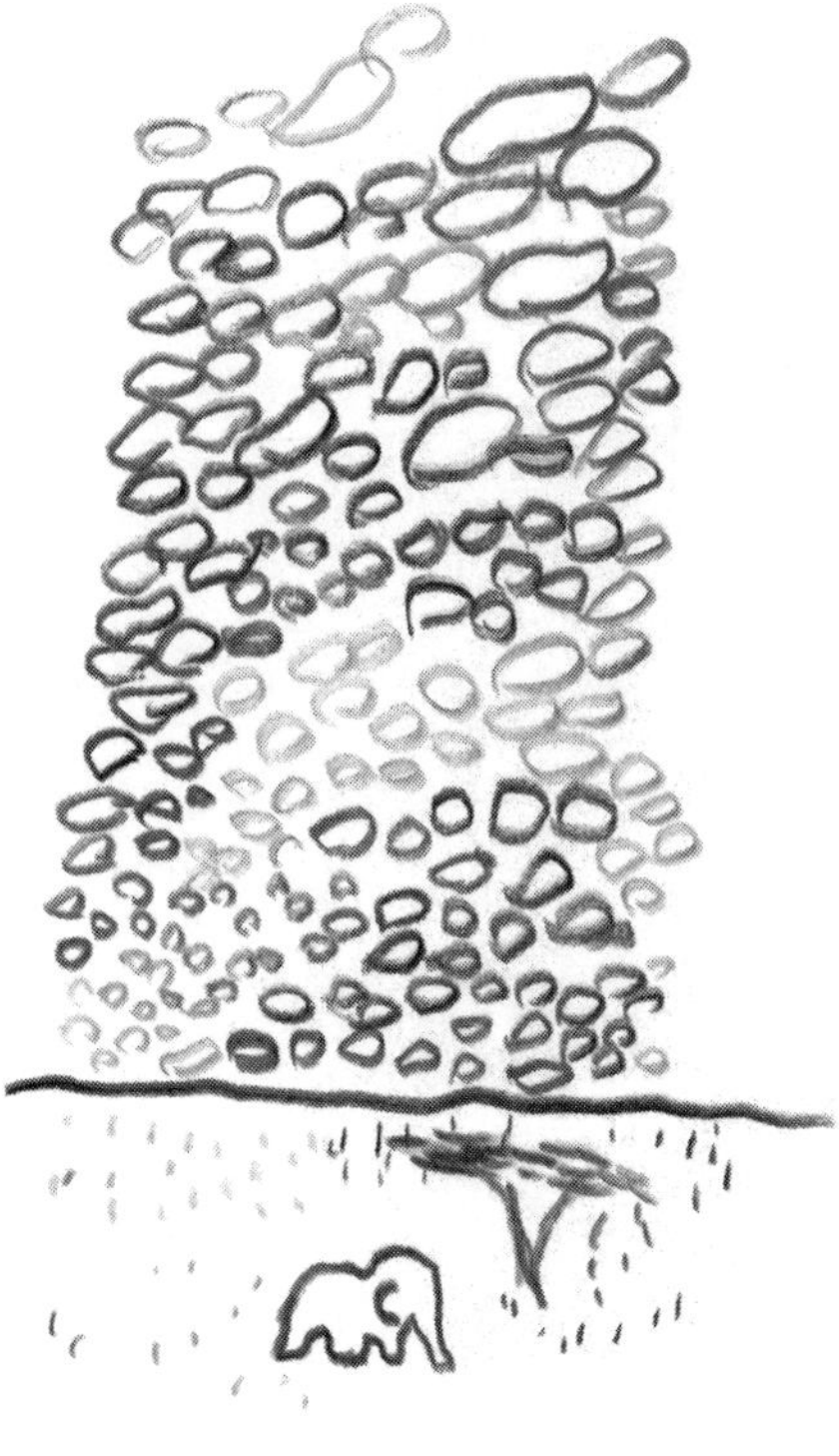

階段

石段をみるとふしぎにこころを引きよせられる。石段の一番うえまで上っていったら、そこからどんな街がどのようにみえるか。引きよせられるままに、石段を上る。長い石段なら、きっと途中でふりむきたくなる。ふりむきたくなるが、ふりむいてはいけないのだ。最上段までおどろきは背後にのこしておくのだ。黙って上る。息が切れる。かすかに風を感じる。上りつめる。息を詰めて、それからふりむく。いきなり空がおおきくひろがってくる。

あるいは、長く細い下りの石段。狭い家々のあいだを、抜け道のように、石段が下りている。軒下をとおる狭い石段には、どこかしら懐かしさがある。石段の下には街がある。よく踏まれた石段の擦りへった危なさに、語ることをしない日々の痕《あと》がのこっている。うつむいて注意ぶかく下りる。ふいに膝《ひざ》がわらいだす。足早になる。おもわず駈《か》けおりてしまう。奇妙だ。長い下り階段は、いつだって、最後までゆっくり下りてゆくことができない。

石段のある街が好きだ。街にむかって開かれた階段には、開かれた気分がある。長い石段でなくてもいい。車止メがついているだけのほんの短い階段ですら、そこをとおってゆくと、ちがった気分のなかにでてゆけるのだ。ふっとこころがそこでとぎれて、ふっきれる。そうとすこしも気づかないでいて、こころがそこで改行される。それまでの一行をぬけでて、次の新しい一行にはいってゆく。

朝の公園や博物館へゆくひろい階段に、何をしているのでもなく座っているひとがいる。鳩《はと》たちが騒いでいる。若い女のするどい靴音が、すばやく、朝の階段をななめに横切ってゆく。

雨の日の石段には、誰もいない。暗い鏡のように、石段は孤独だ。

夕暮れ、古い河岸を歩いてゆくと、河面《かわも》に下りてゆく階段がある。むかしは舟寄せだったのだろう。石段の下は黒い水のなかに消えている。黒い水のどのへんの深さまで石段は下りているのか。それとも石段は黒い水の底でさらにどこかへつづいているのか。

石段を見ると、ふしぎにこころを引きよせられるのは、なぜだろう。おそらく階段がいつもひとの通る道でしかない道であるためだろう。車で走れない。じぶんの足でしか上れないし、下りられない。そうした人びとのとおる通り道でありつづけてきた街の階段のありように惹《ひ》かれるのだ。階段の段々が語られなかった街の物語の一つ一つのようだ。

「はげしくも一つのものに向って、誰がこの階段をおりていったか」。かつてそう書いた若い詩人がいた。街の階段を愛した詩人だった。昭和の戦争で死んだ。

石段には、匿《かく》された街の感情がある。階段は、上ってゆくとき下ってくるとき、街の感情とじぶんとが、一瞬ひそかにすれちがうような場所だ。

神島

何をしにいったのでもない。ちいさな島が好きだ。ただそれだけだった。雨もよいの港から、その島が煙ってみえた。あの島にゆけるかな。そう思って港の男たちに訊《き》くと、黙ってちいさな船を指さした。船というより、海上タクシーとよんだほうが、ぴったりするような船だった。操舵手《そうだしゅ》が一人、客一人。そうして島にいったのだった。海は荒れていた。台風がちかづいていた。

島の船着き場は、山あいのバス停留所にそっくりである。船を跳びおりる。島の港はちいさいが、活気がある。新しい家を建てるのだろう新しい角材の荷揚げのために、女たちが大勢でていた。「こんにちは」「こんにちは」。女たちの太い腕のあいだを通り抜ける。

島の家々はひっそりとかたまって、細い路地にそって屈《かが》んでいる。庇《ひさし》に頭をぶつけそうな人一人やっと抜けられるような路地が、島の家々を繋《つな》ぐ道だ。ほかに道はない。路地が、島のメインストリートだ。雑貨屋があり、床屋があり、米屋がある。すべて坂道である。

上ってゆく。家々の屋根が低くなる。屋根のむこうにワイヤー色した海。ちいさな流れをあつめ、川床をコンクリートでかためた洗濯場。一人の少女がうつむいて立っている。踏み洗いなのだ。そのさきが、神社だ。海にむかってひらけた長い長い石段。風には風の匂《にお》い。ふりむくと、海峡のむこうにさっきでてきた港が曇って見える。岬《みさき》の白い灯台。

白い石を敷きつめただけの海神をまつる神社の裏手から、島の灯台へつづくしっかり踏まれた小道がつづく。誰もいない道のうえで、鳥たちだけが群れなして騒いでいる。波の音が足下からひびいて上ってくる。道が廻《まわ》ってゆく。いきなり、さえぎるもののない外洋《がいよう》がひろがる。

海は光りの粒子でできているのだ。曇った日の海が好きだ。青い海じゃない。青みがかった灰色の、神さまの指で幾枚ものセロファンをかさねて折っていったような海の色が好きだ。

島の灯台まできて、道は山道になる。昼も暗い湿った滑りやすい泥の小道を一息にのぼれば、あとは長い長い下りになる。途中、旧陸軍のいまはわすれられた無人の建物をすぎる。目のくらむ断崖《だんがい》のうえを過ぎる。灌木《かんぼく》の茂みのむこうに、島の小学校兼中学校がある。がらんとした校舎を見ながら過ぎる。島で唯一の砂浜のそばを抜ける。切通しを抜けると、家々がはじまる。一周きっかり二時間。周囲四キロ。人口千人。伊良湖《いらご》水道の神島。

ルクセンブルクのコーヒー茶碗

剃刀《かみそり》と着替えと文庫本数冊。ふだん読めないようなもの。たとえば『老子』のような。いわゆる旅らしい旅ではない。いつもと変わらないままに、日々の繰りかえしから、じぶんを密《ひそ》かに切り抜いてみる。それだけの旅だ。

予定をつくらない。時刻表をもたない。ただちがった街へゆくのである。何をしにでもなく、何のためでもなく、ちがった街のちがった一日のなかに、身を置きにゆく。そんな旅ともいえない短い旅が、好きだ。

ちがった街には新しい気分がある。日常なじんだ街ではつい何ということなくやりすごしてしまう。そんな街のなりわいや賑《にぎ》わいが、ちがった街では思いがけず新鮮に見えてくる。新聞が変わる。バスがちがう。市場がめずらしい。家並み。路地。何でもない挨拶《あいさつ》の言葉が、ふしぎに耳にのこる。ちがった街の人混みのなかには、明るい孤独がある。くせで急ぎ足になって、急ぐ必要のなかったことを思いだす。

何よりいいコーヒー屋を見つけること。扉を押す。空いた椅子《いす》に座る。すると、その街がずいぶん会わなかった友人のように思えてくる。いいコーヒー屋のコーヒーには、その街の味がある。

遠い街に、ルクセンブルク製のコーヒー茶碗に、熱いコーヒーを淹《い》れてくれる店を知っている。ルクセンブルクはヨーロッパでもっとももちいさな国の一つ。その歴史には苦痛がかくされているが、静かで清潔な国だ。そのコーヒー茶碗は、その国のように静かで清潔だ。その静かで清潔な店が好きで、ときにその街へゆく。

ちがった街の一日のはじまりには、朝の光りと、朝のコーヒーがあればいい。知らない街の気もちのいい店で、日射しにまだ翳《かげ》りのある午前、淹れたてのコーヒーをすする。

人が生まれるときは柔かで弱々しく、死ぬときは堅くてこわばっている。草や木が生きているあいだは柔かでしなやかであり、死んだときは、くだけやすくかわいている。だから、堅くてこわばっているのは死の仲間であり、柔かで弱々しいのが生の仲間だ。

『老子』のそんな言葉が、つと生き生きと、目のなかに立ちあがってくるのは、そうした日の朝だ。堅くてこわばった日々のなかに、柔かでしなやかなこころを失うことの危うさを考える。ちがった街では誰に会うこともない。忘れていた一人の自分と出会うだけだ。

その街へゆくときは一人だった。けれども、その街からは、一人の自分と道づれでかえってくる。

n i n e

あ

言葉のダシのとりかた

かつおぶしじゃない。
まず言葉をえらぶ。
太くてよく乾いた言葉をえらぶ。
はじめに言葉の表面の
カビをたわしでさっぱりと落とす。
血合いの黒い部分から、
言葉を正しく削ってゆく。
言葉が透きとおってくるまで削る。
つぎに意味をえらぶ。
厚みのある意味をえらぶ。
鍋《なべ》に水を入れて強火《つよび》にかけて、
意味をゆっくりと沈める。
意味を浮きあがらせないようにして
沸騰《ふっとう》寸前サッと掬《すく》いとる。

それから削った言葉を入れる。
言葉が鍋のなかで踊りだし、
言葉のアクがぶくぶく浮いてきたら
掬ってすくって捨てる。
鍋が言葉もろともワッと沸きあがってきたら
火を止めて、あとは
黙って言葉を漉《こ》しとるのだ。
言葉の澄んだ奥行きだけがのこるだろう。
それが言葉の一番ダシだ。
言葉の本当の味だ。
だが、まちがえてはいけない。
他人の言葉はダシにはつかえない。
いつでも自分の言葉をつかわねばならない。

おいしい魚の選びかた

鯛《たい》ならば、生ぐさくないの。
色つやがよく身の太っているの。
できるなら、釣りあげてすぐ
頭の急所に一撃をくわえて殺したの。

烏賊《いか》ならば、全体にまるみがあって
身のかたく締まったの。
目が大きくて高くとびだしたの。
内臓をとりだしてかたちが崩れないの。

ワカサギならば、頭や尾が引き締まって、
腹がしっかりしていてぬめりのないの。
白魚ならば、目が黒ぐろとしているの。
サヨリならばわたやけしていないの。

貝ならば生きて呼吸しているの。
サザエならば、指で殻にさわると
すぐに身を縮め、蓋《ふた》を閉ざすの。
蛤《はまぐり》ならば、貝を打ち合わせ鋭く鳴るの。

自然に死んだものはくさくてまずい。
生きたままを殺したものがおいしい。
古人は言った、食卓に虚飾はない。
虚飾にわたれば、至味《しみ》を傷つけると。

きみは言った、おいしい魚を食べようと。
手に包丁をもって。

梅干しのつくりかた

きみは梅の実を洗って
いい水にゆったりと漬ける。
苦みをぬいてよく水を切る。
塩をからませて瓶につめる。
押し蓋をして重石《おもし》する。
紙をかぶせ紐《ひも》できっちりとしばる。
冷たくて暗いところにおく。
ときどき瓶をゆすってやって、
あとは静かに休ませてやる。
やがて、きれいに澄んだ水が上がってくるだろう。
きみは瓶の蓋をあけて、
よくよく揉《も》みこんだ赤じその葉に
澄んだ梅酢をそそぐ。
サッと赤くあざやかな色がひろがってくる。

梅の実を赤い梅酢で、
ふたたびひたひたにして重石する。
紙をかぶせ紐できっちりとしばる。
そしてきみは、土用の訪れるのを待つのだ。
雲が切れて暑い日がやってきたら、
梅の実をとりだして笊《ざる》にならべる。
きみは梅に、たっぷりと
三日三晩、陽差《ひざ》しと夜露をあたえる。
梅の実が指にやさしくなるまでだ。
きみの梅干しがぼくのかんがえる詩だ。
詩の言葉は梅干しとおなじ材料でできている。
水と手と、重石とふるい知恵と、
昼と夜と、あざやかな色と、
とても酸《す》っぱい真実で。

冷ヤッコを食べながら

両手にいっぱいの土をつかむ。
素焼きの鉢にその土をぎっちりつめて
シソの種子を播《ま》いたのは春さきだった。

それからあとはアッという間だ。
芽がでて茎ができて葉がつくまでには
散々なことをいくらも経験しなきゃならなかった。

日々はふたつの拳《こぶし》をもっていて、右の拳は
予期どおりのものを握っているが、左の拳は
予期しないものをしっかと握りしめている。

鉢にシソの葉が繁《しげ》ってきたころには、
ふたつの拳に殴られて、もうフラフラだった。

毎度のことでべつにおどろく話でもないのだが。

よく育ったシソの葉をつんで細かく切って、
夏の夕ぐれ、ヤッコに切った豆腐にのせる。
冷ヤッコをサカナに旧友たちのことをかんがえる。

暑い日がつづくけれども、元気だろうか？
きみらの鉢のシソは今年もよく繁ったか？
いいことを何か一つくらいは手にしたか？

イワシについて

きれいな切り身というわけにはゆかない。
いつでも弱し賤《いや》しとあだ名されてきた。
出世魚じゃない見かけもよくない。
赤イワシといったら切れない刀のことだ。

海の牧草というと聞こえはいいが、
つまりはマグロカツオサバブリのエサだ。
海が荒れなきゃ膳《ぜん》にはのせない。
風雅の人にはついぞ好かれなかった。

けれども、イワシのことをかんがえると
いつもおもいだすのは一つの言葉。
おかしなことに、思想という言葉。
思想というとおおげさなようだけれども、

ぼくは思想は暮らしのわざだとおもう。
イワシはおおげさな魚じゃないけれども、
日々にイワシの食べかたをつくってきたのは
どうしてどうしてたいした思想だ。

への字の煮干しにしらす干し。
つみれ塩焼き、タタミイワシ無名の傑作。
それから、丸干し目刺し頬《ほお》どおし。
食えない頭だって信心の足しになるんだ。

おいしいもの、すぐれたものとは何だろう。
思想とはわれらの平凡さをすぐれて活用すること。
きみはきみのイワシを、きみの
思想をきちんと食べて暮らしているか？

コトバの揚げかた

じぶんのコトバであること。
手羽肉、腿肉《ももにく》、胸肉の
骨付きコトバであること。
まず関節の内がわに
サッと包丁を入れる。
いらない脂肪を殺《そ》ぎおとす。
皮と皮のあいだを開く。
厚い紙袋に
小麦粉とコトバを入れて
ガサガサと振る。
そして深い鍋にほうりこむ。
油を沸騰《ふっとう》させておいて
じゅうぶんに火をとおす。
カラッと揚げることが

コトバは肝心なんだ。
食うべき詩は
出来あいじゃ食えない。
コトバはてめえの食いものだもの。
Kentucky Fried Poem じゃあ
オ歯にあわない。
どうでもいいものじゃない。
コトバは口福でなくちゃ いけない。

かぼちゃの食べかた

よくもまあ言われたものさ。
かぼちゃに目鼻。
かぼちゃ式部とっぴんしゃん。
かぼちゃが嚏《くさめ》したようなやつ。

うすらかぼちゃのとうなす野郎。
ぶらさげようと
ふりまわそうと
かぼちゃ頭には知恵はない。

何は南京《ナンキン》とうなすかぼちゃ。
訳《わけ》もかぼちゃもありゃしない。
こころひねたこと言う
土手かぼちゃ。

どいつもかぼちゃの当り年。
てんで水っぽくてまずくって
貧しいうらなり。
道理でかぼちゃがとうなすだ。

よくもまあ言われたものさ、
悪態《あくたい》ばかり。
つまりは、
かぼちゃがかぼちゃであるためさ。

かぼちゃはかぼちゃだからかぼちゃだ。
かぼちゃはたっぷりと切って煮る。
ほとほとと中火で煮る。
美辞麗句いっさいぬきで。

天丼の食べかた

天丼《てんどん》ってやつはね、と伯父さんはいった。
かならず炊きたてのめしじゃないといけない。
それと、油だね。天丼は、
よほど揚げこんだような油がいい。
新しい油じゃいい色にならない。
ちょいと揚げすぎかなってな感じでね、
明るく揚げる。
肝心なのはつゆで、つゆは
普通の天つゆに味醂《みりん》と醬油《しょうゆ》と
それから黒砂糖をちょっぴりくわえる。
くつくつ煮つめる。
白砂糖じゃないよ、黒砂糖だ。
汁とたれのあいだくらいの濃さに煮つめる。
そして、つゆに天ぷらをつけるんだが、

火からおろしてからじゃない。
弱火にかけたままのつゆにつける。
味をよくしみわたらせて、
天ぷらを熱いめしにのせてつゆをかけたら、
あとちょいと蓋《ふた》しておいて食べる。
天丼ってやつはね、と伯父さんはいった。
役者でいうと名題《なだい》の食いものじゃない。
馬の足の食いものだったそうだ。
名題の夢なんかいらない。
おれは馬の足に天丼でいい。
毎日おなじことをして働いて、
そして死んで、ゆっくり休むさ。
死ぬまで天丼の好きだった伯父さん。
伯父さんは尻尾《しっぽ》だけ人生をのこしたりしなかった。

ふろふきの食べかた

自分の手で、自分の
一日をつかむ。
新鮮な一日をつかむんだ。
スがはいっていない一日だ。
手にもってゆったりと重い
いい大根のような一日がいい。

それから、確かな包丁で
一日をざっくりと厚く切るんだ。
日の皮はくるりと剝《む》いて、
面とりをして、そして一日の
見えない部分に隠し刃をする。
火通りをよくしてやるんだ。

そうして、深い鍋に放りこむ。
底に夢を敷いておいて、
冷たい水をかぶるくらい差して、
弱火でコトコト煮込んでゆく。
自分の一日をやわらかに
静かに熱く煮込んでゆくんだ。

こころさむい時代だからなあ。
自分の手で、自分の
一日をふろふきにして
熱く香ばしくして食べたいんだ。
熱い器でゆず味噌《みそ》で
ふうふういって。

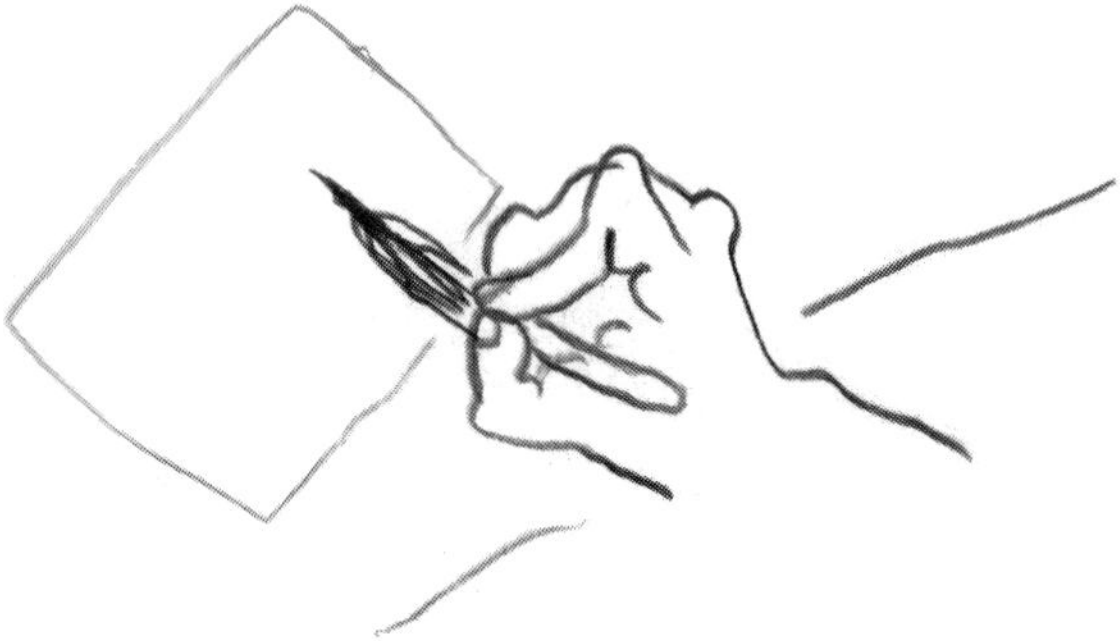

解説・エッセイ・年譜

解説

自然から芽吹いた細やかな糧

池井昌樹

私たちは誰もみな美しいものに打たれる瞬間がある。音楽や絵画、御馳走《ごちそう》、異性……。しかし、遥《はる》かな昔、私たちがまだ幼い子どもだった頃、何の理由もなくただ恍惚《こうこつ》と我を忘れるひとときのあったことを思い出さないだろうか。たとえば満開の躑躅《つつじ》の根方、遊戯の手をハタと止め、一心に水陽炎《みずかげろう》に見惚《みと》れていたあのひとときを。

いや、ほんとうは何も見ていなかったのかもしれない。蜜蜂《みつばち》の微《かす》かな羽音、花々の蕊《しべ》の戦《そよ》ぎの音までもが妙にくっきり伝わってきたあのひととき、私たちは、自然と一体になっていたのではあるまいか。大好きな父や母、その子であるということすらも忘れ充《み》ち足りていたひととき。心だけを残し、私たちは、誰からも見えていなかったのではあるまいか。

目は見ることをたのしむ。
耳は聴くことをたのしむ。
こころは感じることをたのしむ。
どんな形容詞もなしに。

どんな比喩もいらないんだ。
描かれていない色を見るんだ。
聴こえない音楽を聴くんだ。
語られない言葉を読むんだ。

たのしむとは沈黙に聴きいることだ。
木々のうえの日の光り。
鳥の影。
花のまわりの正午の静けさ。

（「静かな日」）

しかし、そのようなひとときは私たちだれもが大人になって行く過程でいつしか失って行くもの。いったん立ち上がってしまった以上もう赤ちゃんへは戻れない私たちは、その足だけで歩き、その手だけで愛するものを支え続けねばならない。私たちを愛したものが、私たちにそうしてくれたように。その間、私たちは自然によって様々に試みられることになる。

幼いものたちが人間という木に育ち、花を開き、やがてその花を落とす——私たちもまた自然から芽吹いた細《ささ》やかな糧——そのような思いを、生きて行く否応《いやおう》なさの中で苦し紛れに何処《どこ》かへ置き去ってしまったものは、その時から形骸《けいがい》だけを残し人間とは似て非なるものと化すのかもしれない。

たとえば巻頭の作品「最初の質問」。これは誰から誰へ手渡される質問だろう。それら一つ一つの眩《まばゆ》さに心ときめいたか。置き去ってきた大切な何か——「何かとしかいえないもの」を思い出しそうになったか。涙ぐましい気持ちになったか。それとも、何を戯《たわ》けた寝言を並べているんだ、そう思ったか。

私たちの社会は斯《か》くの如《ごと》く実にまちまちな人間たちで成り立っている。しかし、私たちの自然はそれ以上にまちまちな、計り知れぬほどまちまちな共生者たちとの繋《つな》がりによってのみ成り立っている。「何一つ、孤立したものはない。／この地上で、生きる理由と究極の目的を／じぶんのうちにしかもたないものなんてない。／ものみな、無限のかかわりを生きているのだ」(「ファーブルさん」)。

次に掲げる作品「ひとの歯のバラード」から読者はどのようなメッセージを受け取るだろう。非情とも言える自然の理《ことわり》か。それとも。

われら、
きみの口のなかに住む
三十二頭の白い馬。
だが、われらをきみは
飼うことはできない。
殺した獣の肉を噛《か》んでやり、
きみに食べものを
あたえるのは、われら。
きみはとある日死ぬだろう、
まったくきみは死ぬだろう。
お気の毒です、
われらは死を生きのびる。

きみ、まちがえるな
にんげんよ、
きみは死ぬひとである。

私たちの口にある三十二本の歯、私たちの手にある十本の指、これらは私たちの付属物、所有物ではなく、逆に、私たちを生かしめるため何ものかによって遣《つか》わされた三十二頭の白い馬、十人の小人たちなのではあるまいか、とこの詩人は考える。三十二本の歯で「殺した獣の肉を嚙」むだけなら、十本の指で富や権力を握ろうとするだけなら、私たちは獣と変わるところはない。私たち人間を獣と違えている何かがあるとしたら、『「なぜ」という問い』。「われわれ貧しい人間にさずかったもののうちで、/いちばん人間らしいものとは、何だろうか」(「ファーブルさん」)。その使命をたずね、辛抱づよく探究する情熱を与えられてしまったという一点に於《おい》てだ。「きみ、まちがえるな/にんげんよ、/きみは死ぬひとである」。しかし、その時までの束《つか》の間《ま》、奇跡のような生の輝きと可能性に就いてこの作品は告げているのだ。

小麦粉はよくよくふるって、
ジンジャー・パウダーと塩と一緒に

ミキシング・ボウルに入れて、
オートミールと赤砂糖を混ぜておいて、
そして、小さなソースパンにラードを敷いて、
ゴールデン・シロップをたっぷりと注いで、
ほんのすこし牛乳をくわえて火にかけて、
熱く溶かしてミキシング・ボウルに注いで、
さらに卵を割りいれて混ぜあわせて、
四人の兵士のかたちに
生地をつくって、
オーヴンに入れてきっちりと焼くと、
素敵なショウガパンの兵士のできあがりだ。
いやだ、兵士だなんて、と一人がいった。
てんでまちがってる、と一人がいった。
とにかく逃げだすんだ、と一人がいった。
ぼくらを匿《かく》まってくれ、と一人がいった。
もちろんさ、と子どもたちはこたえた。
そして、まんまと大人たちの目を盗み、

四人のショウガパンの脱走兵は姿を消した。
子どもたちの手びきで、
子どもたちの口のなかへ、
もう誰も兵士でなくていい場所へ。

（「ショウガパンの兵士」）

長田さんの詩は料理そのもののように生き生きして美味《おい》しそうだ。料理が細《ささ》やかな天地創造であるならば、人間もまた一個の「ショウガパンの兵士」のようなもの。「いやだ、兵士だなんて」そういったショウガパンの兵士は念願叶《かな》って「もう誰も兵士でなくていい場所へ」と匿まわれる。その創造主である「子どもたちの口のなかへ」パクリと。食べる方も食べられる方も嬉々《きき》としている。天地の創造主も子どもたちも、無邪の巨《おお》きさに於て同じだ。ショウガパンの兵士の最期の何という喜悦と充足。大いなる復活を想《おも》わせるような。――

一本のライ麦の話をしよう。
一本のライ麦は、一粒のタネから芽をだして、日の光りと雨と、風にふかれてそだつ。ライ麦を生き生きとそだてるのは、土深くのびる根。一本のライ麦の根は、ぜんぶをつなげば６００キロにおよび、根はさらに、１４０万本もの細い根に分かれ、毛根の数というと、あわせてじつに１４０億本。みえない根のおどろくべき力にささえられて、はじめてたった一本のライ麦がそだつ。

何のために？

ただ、ゆたかに、刈りとられるために。


（「ライ麦の話」）


今からおよそ百年前、リルケはその著書『神さまの話』の中で次のように記した。

「人間の真のすがたを、神がお知りになることが、さしずめ緊急なのです。幸いにも、神にこれを伝える人たちがいてくれまして……さしあたっては、子どもたちです。それからまた、ときとしては、絵を描いたり、詩を作ったり、建築したりする人たちなども……」。

しかし、そのような人たちばかりではない私たち人間一人一人が「自然から芽吹いた細やかな糧」であるという意識を常に胸底に忍ばせつつ歩むこと、それこそが現在は緊急なのだ。「この世でいちばん難しいのは、いちばん簡単なこと」（「散歩」）なのだから。

この稿を起こすに当たって長田さんの詩一篇《ぺん》一篇を辿《たど》る内、詩の解説ということが私には土台不可能であることにすぐ気付いた。何故《なぜ》なら、それら一篇一篇を前に私はただ恍惚と我を忘れてしまったからだ。かつて幼い日に満開の躑躅の根方で蹲《うずくま》っていたあのひとときのように。

私たち人間は自らの富や権力のために多くの自然を破壊してきた。私たちの心の中の自然をも。しかし、私たちの詩にはこれほどまで瑞々《みずみず》しい自然が些《いささ》かも損なわれることなくきらきらと湛《たた》えられていたのだ。此処《ここ》には水陽炎のもやもやも、蜜蜂の微かな羽音も、毎年変わることない金木犀《きんもくせい》の香りもある。「何もない。／何も隠されていない」（「ことば」）。捥《も》ぎたての果実のような眩《まばゆ》いいのちが溢《あふ》れている。帰りたくなったらいつでも帰っておいで。詩が、自然が、私たちにそう告げているようだ。詩が、自然が、……最早私は口を閉ざすべきだろう。この自然を、もっとも信頼に足るこの自然の息吹を、どうかこころゆくまで全霊に浴びて頂きたい。

（いけい・まさき／詩人）

エッセイ

詩という自由

角田光代

私は元来詩が苦手だ。詩って、なんだかとりすましている気がするでしょう。とりすまして、というか、一段高いところからこちらを見おろしているような。それで、こちらがばしっとにらみつけて、なんなのよ、馬鹿にしてんの？　とすごむと、いいえとんでもない、馬鹿になんかするもんですか、と、薄笑いを浮かべておだやかに言い放つような気がするでしょう。だれが？って、詩が、だ。詩人が、じゃない、あくまでも詩が。

そんなわけで私は積極的に詩を読まない。長田弘さんの名前をはじめて知ったのは、だから詩集ではなくエッセイ（『ねこに未来はない』晶文社）であって、ずっと長いあいだ、長田弘という人は、文筆家兼何かの研究者であって、断じて詩人ではないと思っていた。

ちなみに、『ねこに未来はない』という本を手にとったのは、二十歳を少し過ぎたころなのだけれど、この一冊は、そのときの私がイメージする「結婚」、そのものであった。もちろんこれは結婚について書かれたものでも恋愛について書かれたものでもない。しかし、結婚の本質はきっとここにあるのだろうとなぜかつよく思った。そうしてその後しばらく、友人が結婚するたび私はご祝儀とともにこの一冊を贈り続けた。切るだの分けるだのといった言葉でさえ、結婚式で口にしてはならないらしいから、「未来はない」ってタイトルを新婚さんに贈るのをためらわないでもなかったが、まあ、読めば結婚のなんたるかがわかる、生活の、幸福の、他者と生きていくことの本質がわかるんだから、言葉尻であれこれいうのは馬鹿らしい、とにかく読みたまえ、と押しつけていたのであった。

そのころの私は、結婚も生活も、いやはや恋愛すらよくは知らなかったが、しかし今この一冊を読みかえしてみると、なんと聡明《そうめい》な二十歳であったかと自画自賛してしまう。と、いうよりも、長田弘さんは、無知な二十歳にも、何か本質に触れさせてくれるような本を書いたと表現するほうが、ただしいのだが。

ともかく、私は詩を読まないわけで、仕事がら、ときどきは読むけれど、たいがい文字を読んでいるのである。この言葉はきれいだな、とか、へんな言いまわしがあるものだ、とか、あるいは九九を読みあげるようになんにも思わずに、文字を目で追っていることが多い。それで、ああ、上から見おろされてるなあ、とうっすら思うのである。馬鹿にされてるなあ、と。

だって、ですよ。詩はみじかい。前後あれこれを説明しない。

靴。

はきよい靴。

不揃《ふぞろ》いの雑踏。

と、いきなりこうだもの。

どこへもゆき、

どこへもゆかない。

立ちどまる。(「ひつようなもののバラード」本書より)

だもの。

靴をはいているのはだれで、その人は恋をしているのかいないのか、はたまた、どこへもいけるのか、いけないのか、どっち?　あふれる疑問を押しのけて、文字を追う。文字を追ううち、でもやっぱり疑問が出てくる。我慢できず、「へっ?」と口にしてしまう。口にした時点で、「詩のわからない私」を意識してしまう。とすると、頭上には、「靴。はきよい靴。」といきなりはじまる詩と、「詩のわかる(はずである)私」とが渾《こん》然《ぜん》一体となってそこにおり、薄笑いを浮かべている……というわけ。

しかし、詩なんか大ッ嫌い、顔も見たくない、というわけではなくて、どちらかといえば和解を望んでいるというか、見おろされず面つきあわせてみたいもんだ、とか、文字を追う以上の世界を味わうことは可能かしら、などと、つねに思ってはいる。

長田弘さんがご自身で詩を編んで一冊にされるという。再トライしない手はない。詩との和解だ、劣等感の払拭《ふっしょく》だ、と、いきおいこんで入手した。

どうせならじっくり味わいたい。たっぷり時間があるときに、電話や宅配便などに邪魔されず、仕事や雑務も完璧《かんぺき》に忘れて没頭したい。そういうとりくみかたでなければ和解はあり得ない。そんなことを思ってしまったがゆえに、なかなか詩集をひもとけない。かなしいことに、家事と仕事と雑務に追われる私には、たっぷりのなんにもない時間などないのである。

結果、長田弘さんの詩集は仕事部屋の畳の上にしばらく放置されていた。（私の仕事机は炬燵《こたつ》で、手の届くところにすべてのものを配置するから、原稿や読みさしの本やファクスなどはみな、私を中心にした畳360度に放置されている。）

さて、それは年の暮れの寒い日だった。深夜近くまで知人と飲んで、ほろ酔い気分で帰宅し、眠る前にメールのチェックでもしようと仕事部屋に直行し、炬燵に入りコンピュータのスイッチを入れ、立ち上がるあいだ、手近にあった紙の束をひきよせて何気なく目を落とした。

それはあっというまだった。コンピュータが立ち上がるより早く、炬燵があたたかくなるより早く、紙の上の言葉は私を捉《とら》え、いきなり内面の奥深くに手をのばし、自分でも存在を知らなかった何かをひっつかみ、揺さぶり、見たことのないもの、あるものをごちゃ混ぜにして目の前で早送りし、疑問をあびせかけ、かと思うとぴったりと寄り添って言葉にしがたい思いを共有し、何がなんだかわからないまま、気がついたら酔いなんかすっかりさめて、さめているのに私は泣いていた。これはなんだ、と、紙の束をひっくりかえしてみれば、一番上の紙にはちいさく、長田弘詩集と印刷されている。これが詩か。深夜の、暗い部屋、炬燵に半身を入れた私はぼんやりと思った。今まで、詩がとりすましているなんて、難解であるなんて、どうして思っていたんだろう？　この、紙の上の言葉の断片は、まちがいなく私個人に向けて書かれたものである。こういう時間をすごし、こういう体験を経て、ここにいる「私」、「私」を形成する内側のすべてに向けて、直接的に放たれた言葉である。上から見ているなんてとんでもない、まるっきり同じ目線、等身大、私のために用意された何ごとかではないか。

こういうこと、つまり、万人に向けてそこにあるものが、いきなり私個人と直線でつながる、ということは、稀《まれ》にある。

少し前、ロシアのエルミタージュ美術館でも、私は同じ幸福な瞬間を味わっている。

あきれかえるほど広大な美術館のなか、迷路的につながっている建物をぐるぐるまわり、ふとひとけのないフロアに出た。高校の教室くらいの部屋が、ずうっとどこまでも続いている。かかっているのはセザンヌ、ゴーギャン、ルノワールなど。厳重に保管されている感がなく、なんだかみんな、なげやりに壁にかかっている。銀行に貼《は》られている園児の絵のほうが、よっぽど大切に扱われているのではないかと思うほど。

一部屋ずつ見ていった。人がいない。部屋の隅に、パートの見張り役の老女が座っているのみ。私の靴音だけが響く。

そうして、ある部屋からある部屋へ移って、私はぴたりと足を止めた。目の前にあるのは、よく知っている絵だ。絵葉書でも複製画でも、幾度も見たことがある。マチスの「ダンス」である。ほかの絵と同じく、なげやりにぽんとそこにある。あ、これ、と思った瞬間、しかしそれはぬっとこちらに手をのばしてきて、いきなり内側に入ってきた。びっくりした。マチスなんか好きじゃなかったし、その絵は本当に見なれていたから。

けれどそのとき、ひとけのない美術館の、素っ気ない教室みたいな部屋で、マチスという画家は、今日ここを訪れる私のためにこれを描いたのだと私は瞬時に理解し、このときは泣かなかったが、動けなくなった。単純に見える絵、構図、ぺたりとした色、これらは全部計算され尽くしていて、ここへ行き着くまでにはいったい何度の試行錯誤があっただろう。それでも彼は、描き尽くしたのである。この日の午後、私の内側に触れるために。

ああ、これはまちがいなく私のためにここにあるのだ、という、幸福な勘違いをあたえてくれるものは、けっして多くはない。だからこそ、そのような勘違い体験は、ものすごく貴重な幸福なのだと私は思っている。

何にも邪魔されないしずかな時間、生活を離れ没頭して向きあうよりも、雑務と仕事と生活と家事に追われつつ、なんとなく手にとってページを手繰《たぐ》る、ほうが、長田弘さんの詩集には似合っているらしいと、深夜、炬燵のなかで私は気づいた。

それ以来、私は彼の詩を読むためにたっぷりした時間など用意しようと思わない。日常の場面でひとつ、ふたつ、詩を読む。たとえば夕暮れの台所で。階上から朽ちた花びらが落ちてくるベランダで。暖房のききすぎた七分混みの電車のなかで。酔っぱらって帰ってきた、暗い仕事部屋で。ときには、失礼、厠《かわや》のなかで。私のおくる日常にそって、いくらでもかたちを変えて、詩人の言葉は寄り添ってくれる。

靴。

はきよい靴。

不揃いの雑踏。

という先ほどの詩も、生活のさなかで味わうと、すとん、と光景が浮かぶことがある。靴を履いているのがだれであり、そのだれかは恋をしているか否かまで、わかっちゃう。

けれどその光景は、明日の日常のなかではまた、ちがったものになっている。

長田さんの言葉は、どことなく無国籍で、時間のあいださえも自在に行き来する。詩と向きあうことによって、何気ない日常が、自由を得てかぎりなくひろがっていく。私という等身大が、知らず知らず広がっていき、いつしか輪郭さえ曖昧《あいまい》になる。

読みかたなんて自由なんだ、というとてもシンプルなことすらも、詩人は詩で教えてくれる。

（かくた・みつよ／作家）

年譜

長田　弘年譜

一九三九（昭和十四）年●

十一月十日、福島市新町に生まれる。父政愛二十八歳、母イナ子二十七歳の長男。生後すぐ丹毒に罹《かか》り、頭部を切開、危うく生命をとりとめる。第二次世界大戦が始まった年である。

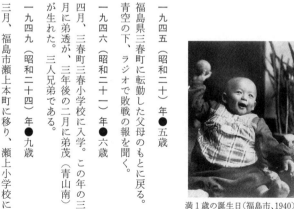

（以下の年令はそれぞれの年の誕生日までの年令）

一九四四（昭和十九）年●四歳

春、父母のもとを離れ、岩代熱海（磐《ばん》梯《だい》熱海）の母の実家に。

満１歳の誕生日（福島市、1940）

一九四五（昭和二十）年●五歳

福島県三春町に転勤した父母のもとに戻る。青空の下、ラジオで敗戦の報を聞く。

一九四六（昭和二十一）年●六歳

四月、三春町三春小学校に入学。この年の三月に弟透が、三年後の二月に弟茂（青山南）が生れた。三人兄弟である。

一九四九（昭和二十四）年●九歳

三月、福島市瀬上本町に移り、瀬上小学校に転校。九月、福島大学付属小学校に編入。

一九五〇(昭和二十五)年●十歳

一月、福島市宮下町に移る。アメリカ文化センターで、ヴァージニア・バートンの絵本「ザ・リトル・ハウス(ちいさいおうち)」を知る。最初のアメリカ経験となった一冊。

一九五二(昭和二十七)年●十二歳

四月、福島大学付属中学校に入学。

一九五四(昭和二十九)年●十四歳

クラシック音楽に傾倒。新たに新書版で刊行されはじめた『芥川龍之介全集』(岩波版)を端緒に、文学への関心を急速に深める。

一九五五(昭和三十)年●十五歳

四月、県立福島高校に入学。大学進学志望別の単位修得制により私大文系を選択。露伴・鷗外・鏡花などを集中して読む。

一九五六(昭和三十一)年●十六歳

映画の全盛時代。仏伊映画、米ミュージカル映画に魅せられ、名画座に通いつめる。この年父転勤、単身赴任。のちに別居にいたる。

一九五八(昭和三十三)年●十八歳

三月、上京。浪人し、遊学。東京生れの従兄を通して、最盛期のモダン・ジャズに耽《ふけ》る。

一九五九(昭和三十四)年●十九歳

四月、早稲田大学第一文学部独文専修に入学。山歩きをはじめる。J・ケルアック『路上』を読む。第二のアメリカ経験となった一冊。

一九六〇(昭和三十五)年●二十歳

日米安保条約改定に抗議するデモが連日つづく。この頃、独文同級生の関根久男によって、深瀬基寛訳のW・H・オーデンなどの詩集を知る。それが詩のはじまりになった。七月、板橋区志村中台町に移り、福島より転居した母と弟たちと一緒に住む。十一月、関根久男と二人で、二つ折の詩誌『鳥』を発刊。

一九六一（昭和三十六）年●二十一歳

『現代詩手帖』九月号の特集「一九六〇年代の詩人たち」に、詩「死のまわりで――故C・ゲーブルによせて」を発表。

一九六二（昭和三十七）年●二十二歳

夏、北アルプス連峰縦走。『鳥』は十一月に八号で終刊。ウィルフレッド・オウエンの詩を知り、オウエンの「詩は pity のうちにある」という詩に対する態度に、決定的な影響を受ける。

早大時代（槍ヶ岳、1962）

一九六三（昭和三十八）年●二十三歳

三月、早稲田大学第一文学部を卒業。卒論は「ハイネ『冬物語』をめぐって」。四月、独文同級生の児玉瑞枝（高崎女子高校卒）と結婚。中野区宮前町に住む。「現代詩の会」（『現代詩』の編集母体だった詩人の全国的な集まり）に加わる。詩「われら新鮮な旅人」を『現代詩』九月号に発表。九月、『現代詩』の編集委員となる（編集委員会の他のメンバーは飯島耕一、岩田宏、大岡信、関根弘、堀川正美、三木卓）。

一九六四（昭和三十九）年●二十四歳

秋、「現代詩の会」解散が決まり、『現代詩』は十月号で終刊。「創造の拠点を個々の詩人に帰す」という解散声明を起草する。以後、七三年に日本文芸家協会に加入した他は、同人・グループ・党派・団体・組織に一切加わらなかった。

一九六五（昭和四十）年●二十五歳
渋谷区神山町に移る。第一詩集『われら新鮮な旅人』を上梓《じょうし》。

一九六六（昭和四十一）年●二十六歳
長編詩「クリストファーよ、ぼくたちは何処にいるのか」を発表。『映画芸術』を中心に映画を通してのアメリカ論を書きつぐ。

一九六七（昭和四十二）年●二十七歳
六月、劇団六月劇場（岸田森、草野大悟ら）の創立公演のため書下した「魂へキックオフ」上演（新宿紀伊国屋ホール）。一九三〇年代ヨーロッパについてのエッセーを持続的に書きはじめる。

一九六八（昭和四十三）年●二十八歳
詩「阿蘇」を『文学界』一月号に発表（以後つづく同誌の「扉の詩」の第一回）。四月、東京造形大学写真科詩学講師（非常勤）に（～七一年三月）。十一月長男敦が生れる。

一九六九（昭和四十四）年●二十九歳
五月、祖母が亡くなった。この年、杉並区成田西に移る。

一九七〇（昭和四十五）年●三十歳
十月、劇団三十人会創立十周年記念公演のため書下した「箱舟時代」上演（新宿紀伊国屋ホール）。十一月次男敬が生れる。

一九七一（昭和四十六）年●三十一歳
『詩人であること』となるエッセーを断続的に書きはじめる。『早稲田文学』（第七次）の編集委員になる（～七四年一月終刊）。四月、早稲田大学文学部文芸科講師（非常勤）になる（～七七年六月病気で辞任）。八月末より、船でナホトカをへて、モスクワ、プラハ、ワルシャワ、クラクフ、レニングラードへ、家族とともに旅する。長詩「夢暮らし」を『文学界』十月号に発表。物語エッセー『ねこに未来はない』。十月、北米アイオワ大学国際創作プログラム（IWP）に招かれ、フルブライト奨学金を受けて客員詩人として、家族とともにアイオワ州アイオワ・シティに滞在（～七二年四月）。

一九七二（昭和四十七）年●三十二歳

ボブ・ディラン、クリス・クリストファソン等、アメリカの同時代の歌の新しいあり方につよい共感をもつ。春、ミシシッピの源流から河口まで、みずから運転して、車で走破する。五月、ニューヨークをへて、欧州へ。フランコ治下のスペインを家族とともに車で一周。六月、帰国。八月、杉並区宮前に移る。以後母と一緒に住む。翌年母は父と離婚。

一九七三（昭和四十八）年●三十三歳

『言葉殺人事件』になる一連の詩を書きはじめる。夏、シンガポール、バリ島、インドネシア、フィリピンを旅する。十二月、浜田知明のコロタイプ版画四点を付して詩集『メランコリックな怪物』（番号入り限定版一千部）を上梓。

一九七四（昭和四十九）年●三十四歳

一月、タヒチ島に旅する。四月、朝日新聞書評委員（～七五年三月）。

一九七五（昭和五十）年●三十五歳

五月、スペイン市民戦争で死んだジョン・コーンフォードの足跡をたずねロンドン滞在。「ある詩人の墓碑銘」を書く。

一九七六（昭和五十一）年●三十六歳

一月、読売新聞書評委員（～十二月）。アジア北アフリカ人間科学国際会議に招かれてメキシコ・シティに行く。テポストランへ旅する。帰国後、年初に罹ったインフルエンザの急速解熱剤注射（のちに禁止になった）の副作用と後遺症に襲われ、以後およそ九年にわたって、毎月、高熱と発汗と悪寒に苦しんで倒れる日々の繰りかえしを、余儀なくされる。

一九七七（昭和五十二）年●三十七歳
『私の二十世紀書店』となる本についてのエッセーを書きはじめる。二月、北アメリカを、西海岸からミシシッピ河へ、さらに北メキシコ、ソノーラ砂漠をへて西海岸へ、ほぼ一カ月かけて走破する。

一九七八（昭和五十三）年●三十八歳
四月、毎日新聞書評委員（〜八〇年三月）。

一九七九（昭和五十四）年●三十九歳
「読書のデモクラシー」をテーマに、本にかかわるエッセーを連続して書きはじめる。

一九八〇（昭和五十五）年●四十歳
「詩は食卓にあり」を主題に、『食卓一期一会』の詩篇を持続的に書きはじめ、以後七年間で六十六篇書く。

一九八一（昭和五十六）年●四十一歳
「一人称で語る権利」をテーマとする話し言葉によるエッセーを書きはじめる。フィンランドの工法による木の家を、自宅として建てる。東映アニメ『吾輩は猫である』の主題歌を書く。

一九八二（昭和五十七）年●四十二歳
三月、『私の二十世紀書店』を上梓し、十一月、第36回毎日出版文化賞を受賞。

一九八三（昭和五十八）年●四十三歳
『詩人であること』を上梓。「本を読む。それは『一冊の本』を読むことである。本を書く。それは『一冊の本』にむかって書くのである」

一九八四（昭和五十九）年●四十四歳
詩集『深呼吸の必要』を上梓。十月、TV「訪問インタビュー・長田弘」（NHK教育テレビ全四回放映）。長く苦しんだ薬害の後遺症をこの頃ようやく脱する。この年の夏より、北アメリカ大陸を毎年数度にわたり数千マイル車で旅するようになり、一州をのぞき全部の州をあわせて十万マイルあまり走破する。

一九八五（昭和六十）年●四十五歳
六月、一九七二年までに書かれた文章のすべて（詩集をのぞく）を編んで、『詩と時代1961―1972』を上梓。この年、中央大学法学部総合講座講師（非常勤）を務める。

一九八六（昭和六十一）年●四十六歳
のちに『詩人の紙碑』としてまとめるエッセーを断続的に発表しはじめる。

一九八七（昭和六十二）年●四十七歳
詩集『食卓一期一会』を上梓。秋、フランクフルト・ブック・フェアに。南ドイツ、そしてマドリードに旅する。

一九八八（昭和六十三）年●四十八歳
TV「朝の詩――『食卓一期一会』より」に出演（日本テレビ全五回放映）。

一九八九（平成元）年●四十九歳
一月、父の訃に接する。『双書・二十世紀紀行』（全十二巻）巻末で、鶴見俊輔氏との対話「旅の話」（～九二年十月）。詩「ファーブルさん」を『ビデオ・ファーブル昆虫記の旅』別冊に発表。十一月、五十歳の誕生日が「ベルリンの壁」の崩壊の日にかさなった。

一九九〇（平成二）年●五十歳

『失われた時代――1930年代への旅』を上梓。「明らかにしたかったのは、失われた時代を生きた人びとの生き方と、そして死に方にきざまれたフィロソフィー・オブ・ライフ、書かれざる哲学である」。春、次男とともにアトランタからキー・ウェストまで車で三週間、往復の旅をする。十月、詩集『心の中にもっている問題』で第1回富田砕花賞を、翌年三月、第13回山本有三記念路傍の石文学賞を受賞。十一月、TV「20世紀の群像／オーウェル」（NHK教育テレビ全四回放映）。

一九九一（平成三）年●五十一歳

詩「世界は一冊の本」を朝日新聞一月一日付に発表。春、ノルウェーを旅する。十月、「映画で読む二十世紀」として、田中直毅氏との二十世紀の経験をふりかえる対話（～九二年十月）。

一九九二（平成四）年●五十二歳

「詩は友人を数える方法」を『群像』一月号より連載（～九三年三月号、全十五回）。

一九九三（平成五）年●五十三歳

三月末、母が亡くなった。享年八十歳。十一月、『詩は友人を数える方法』を上梓。もっとも愛着のあるエッセーである。

一九九四（平成六）年●五十四歳

二十世紀の子どもの本の世界をふりかえる河合隼雄氏との「子どもの本の森へ」の対話（～九五年六月、九七年八月）。「司馬遼太郎氏への手紙」を『図書』三月号に書く。司馬氏とのやりとりは、司馬氏没後上梓した『詩人の詩碑』の「あとがき」に記する。四月に上梓された『われらの星からの贈物』に、「ウィルフレッドXの最後の手紙」を書く。七月、詩「はじめに……」を朝日新聞第一面に特集「戦後50年」序詩として発表。

一九九五（平成七）年●五十五歳

「伝記で読む二十世紀」として、田中直毅氏との二十一世紀へむけての対話を、一月から『世界』に連載（〜九六年十二月）。この夏以降、TVコラム「視点・論点」（NHKテレビ）に出演（不定期）。十月より詩「黙されたことば」（全二十五篇）を朝日新聞日曜版に連載（〜九六年三月）。

一九九六（平成八）年●五十六歳

「露伴の子どもの本」にはじまる「子どもたちの日本」をテーマとする一連のエッセーを書きはじめる。ボブ・ディランにはじまるフォーク・ロック&カントリーに長く親しんだ経験を、『アメリカの心の歌』として上梓。

一九九七（平成九）年●五十七歳

この年より、鎌倉建長寺の雑誌『巨福』（年二回刊）に、詩を連載（〜現在）。春、長男と共にラスヴェガスからニューオーリンズへ車でほぼ一カ月、往復の旅をする。

一九九八（平成十）年●五十八歳

一月、詩文集『記憶のつくり方』を上梓し、六月、第1回桑原武夫学芸賞を受賞。十二月、「新・私の郷土史」（山形放送制作）で、TVによる自伝（東北エリア放映）。

一九九九（平成十一）年●五十九歳

明治期の本を読みかえすエッセーを、熊本日日新聞に月一回ずつ一年連載。朝日新聞八月十五日特集「1999終戦の日に」で、「言葉の力」について、「今の日本でかつてなく弱まっているのは、人間を生き生きとさせる、言葉のもつ普遍的な力です」

二〇〇〇（平成十二）年●六十歳

三月、詩「はじめに……」が合唱曲（作曲・

松下耕）として第67回NHK学校音楽コンクール課題曲に。五月、絵本『森の絵本』（絵・荒井良二）で第31回講談社出版文化賞を受賞。九月より、みずから選書して訳した『詩人が贈る絵本I』シリーズ（全七冊）の刊行はじまる（～十二月）。

二〇〇一（平成十三）年●六十一歳

五月、近代文学館第25回「声のライブラリー」に出演。『A Forest Picture-Book』（対訳版『森の絵本』ピーター・ミルワード訳）刊。十一月、『詩人が贈る絵本II』シリーズ（全七冊）の刊行はじまる（～〇二年三月）。

二〇〇二（平成十四）年●六十二歳

朝日新聞一月七日付で、2001・9・11の同時多発テロ以後の世界について、坂本龍一氏と対話。二月より、季刊「住む。」に「Made in Poetry」（連作詩）を連載（～現在）。三月、ニューヨーク滞在。「リンカーン　ゲティスバーグ演説」を、『詩人が贈る絵本II』の一冊に訳す。十一月、「二十世紀以後の日本の詩」から「本」を主題とする詩九十二篇を選んだ詞華集『本についての詩集』を上梓。十二月、NHKラジオ第二「私の日本語辞典」（全三回）放送。

（著者自筆年譜・二〇〇二年）

著書目録

◎詩集

『われら新鮮な旅人』　一九六五年思潮社
二〇一一年 definitive edition みすず書房
『長田弘詩集／現代詩文庫』（「われら新鮮な旅人」所収）　一九六八年思潮社
『メランコリックな怪物』
一九七三年（限定版）思潮社
一九七九年（増補版）晶文社
『言葉殺人事件』　一九七七年晶文社
『深呼吸の必要』　一九八四年晶文社
『食卓一期一会』
一九八七年晶文社／二〇一七年ハルキ文庫
『物語』（長詩のみ・現代詩人コレクション）
一九九〇年沖積舎
『心の中にもっている問題』
一九九〇年晶文社
『世界は一冊の本』　一九九四年晶文社
二〇一〇年 definitive edition みすず書房
『続・長田弘詩集／現代詩文庫』（定本「メランコリックな怪物」「言葉殺人事件」所収）
一九九七年思潮社
『黙されたことば』　一九九七年みすず書房
『記憶のつくり方』
一九九八年晶文社／二〇一二年朝日文庫
『一日の終わりの詩集』
二〇〇〇年みすず書房
『長田弘詩集』自選、二〇〇三年ハルキ文庫
『死者の贈り物』　二〇〇三年みすず書房
『人生の特別な一瞬』　二〇〇五年晶文社
『人はかつて樹だった』二〇〇六年みすず書房
『空と樹と』（画・日高理恵子）
二〇〇七年エクリ

『幸いなるかな本を読む人』　二〇〇八年毎日新聞社
『世界はうつくしいと』　二〇〇九年みすず書房
『長田弘詩集　はじめに……』　二〇一〇年岩崎書店
『詩ふたつ』（画・クリムト）　二〇一〇年クレヨンハウス
『詩の樹の下で』　二〇一一年みすず書房
『奇跡―ミラクル―』　二〇一三年みすず書房
『長田弘全詩集』　二〇一五年みすず書房
『最後の詩集』　二〇一五年みすず書房

◎エッセー

『アウシュヴィッツへの旅』　一九七三年中公新書
『見よ、旅人よ』　一九七五年講談社／一九八六年朝日選書
『私の二十世紀書店』　一九八二年中公新書
一九九九年（定本）みすず書房
『詩人であること』　一九八三年岩波書店
一九九七年岩波同時代ライブラリー
『風のある生活』　一九八四年講談社
『一人称で語る権利』　一九八四年人文書院
一九九八年（定本）平凡社ライブラリー
『詩と時代１９６１―１９７２』　一九八五年晶文社
『笑う詩人』　一九八九年人文書院
『失われた時代――１９３０年代への旅』　一九九〇年筑摩叢書
『散歩する精神』　一九九一年岩波書店
『読書のデモクラシー』　一九九二年岩波書店
『感受性の領分』　一九九三年岩波書店
『詩は友人を数える方法』　一九九三年講談社
一九九九年講談社文芸文庫
『われらの星からの贈物』　一九九四年みすず書房
『小道の収集』　一九九五年講談社
『自分の時間へ』　一九九六年講談社
『詩人の紙碑』　一九九六年朝日選書

『アメリカの心の歌』　一九九六年岩波新書
　二〇一二年 expanded edition みすず書房
『本という不思議』　一九九九年みすず書房
『私の好きな孤独』　一九九九年潮出版社
　二〇一三年（新装版）潮出版社
『子どもたちの日本』　二〇〇〇年講談社
『すべてきみに宛てた手紙』
　二〇〇一年晶文社
『読書からはじまる』
　二〇〇一年日本放送出版協会
　二〇〇六年ＮＨＫライブラリー
『アメリカの61の風景』
　二〇〇四年みすず書房
『知恵の悲しみの時代』
　二〇〇六年みすず書房
『本を愛しなさい』　二〇〇七年みすず書房
『読むことは旅をすること——私の20世紀読書紀行』
　二〇〇八年平凡社
『なつかしい時間』　二〇一三年岩波新書
『本に語らせよ』　二〇一五年幻戯書房
『ことばの果実』　二〇一五年潮出版社
『小さな本の大きな世界』（絵・酒井駒子）
　二〇一六年クレヨンハウス
『幼年の色、人生の色』
　二〇一六年みすず書房

◎物語エッセー／絵本
『ねこに未来はない』（絵・長新太）
　一九七一年晶文社／一九七五年角川文庫
『帽子から電話です』（絵・長新太）
　一九七四年偕成社／二〇一七年新装版
『猫がゆく——サラダの日々』（絵・長新太）
　一九七六年角川書店／一九九一年晶文社
『ねこのき』（絵・大橋歩）
　一九九六年クレヨンハウス
『森の絵本』（絵・荒井良二）
　一九九九年講談社
『森の絵本』対訳版（ピーター・ミルワード訳）
　二〇〇一年講談社
『あいうえお、だよ』（絵・あべ弘士）

『肩車』（絵・いわさきちひろ）　二〇〇四年角川春樹事務所
『空の絵本』（絵・荒井良二）　二〇〇四年講談社
『ジャーニー』（絵・渡邉良重　ジュエリー・薗部悦子）　二〇一一年講談社
『最初の質問』（絵・いせひでこ）　二〇一二年リトルモア
『ん』（絵・山村浩二）　二〇一三年講談社
『幼い子は微笑む』（絵・いせひでこ）　二〇一三年講談社
　　　　　　　　　　　　　　　　　二〇一六年講談社

◎対話／共著／編著など
『日本人の世界地図』（鶴見俊輔・高畠通敏）　一九七八年潮出版社
『歳時記考』（鶴見俊輔・なだいなだ・山田慶児）　一九八〇年潮出版社
　　　　　　　　　　　　　　　　　一九九七年岩波同時代ライブラリー
『旅の話』（鶴見俊輔）　一九九三年晶文社
『映画で読む二十世紀（この百年の話）』（田中直毅）　一九九四年朝日新聞社
『対話の時間』（養老孟司・岸田秀・石垣りん・谷川俊太郎ほか）　二〇〇〇年朝日文庫
『二十世紀のかたち（十二の伝記を読む）』（田中直毅）　一九九五年晶文社
『子どもの本の森へ』（河合隼雄）　一九九七年岩波書店
『本の話をしよう』（江國香織・池田香代子・里中満智子・落合恵子）　一九九八年岩波書店
『本についての詩集』（選）　二〇〇二年晶文社
『問う力　連続対談』　二〇〇二年みすず書房
『202人の子どもたち　こどもの詩2004―2009』　二〇〇九年みすず書房
『ラクダのまつげはながいんだよ　日本の子どもたちが詩でえがいた地球』　二〇一〇年中央公論新社
　　　　　　　　　　　　　　　　　二〇一三年講談社

初出詩集一覧

『メランコリックな怪物（定本）』（思潮社、一九七三年、現代詩文庫『続・長田弘詩集』一九九七年）

探した――子供たちのように1／叫んだ――子供たちのように2／おぼえたこと――子供たちのように3／海をみにゆこう――子供たちのように4／黙った――子供たちのように5／ラヴレター

『言葉殺人事件』（晶文社、一九七七年、思潮社、現代詩文庫『続・長田弘詩集』一九九七年）

ひとはねこを理解できない／スラップスティク・バラード／逆さ男のバラード／探偵のバラード／ひとの歯のバラード／殺人のバラード／ものがたり　1／ものがたり　2／言葉の死／幸福なメニューのバラード／海辺のレストラン／殺人者の食事／パソグラフィー／嘘のバラード／ひつようなもののバラード／誰が駒鳥を殺したか

『深呼吸の必要』（晶文社、一九八四年）

おおきな木／散歩／原っぱ／隠れんぼう／驟雨／あのときかもしれない（二）（四）（九）

『食卓一期一会』（晶文社、一九八七年）

言葉のダシのとりかた／おいしい魚の選びかた／梅干しのつくりかた／冷ヤッコを食べながら／イワシについて／コトバの揚げかた／かぼちゃの食べかた／天丼の食べかた／ふろふきの食べかた／クロワッサンのできかた／サンタクロースのハンバーガー／アップルバターのつくりかた／ショウガパンの兵士／ブドー酒の日々／テーブルの上の胡椒入れ／何かとしかいえないもの／きみにしかつくれないもの／ジャムをつくる／ドーナッツの秘密／シャシリックのつくりかた／朝食にオムレツを／絶望のスパゲッティ／カレーのつくりかた／ピーナッツスープのつくりかた／ユッケジャンの食べかた／パイのパイのパイ／

働かざるもの食うべからず／キャラメルクリームのつくりかた／ぼくの祖母はいい人だった

『心の中にもっている問題』（晶文社、一九九〇年）

夏の物語——野球——／ねむりのもりのはなし／キャベツのための祈り／日曜日／ライ麦の話／それは／タンポポのサラダ／一年の365分の1／静かな日

『世界は一冊の本』（晶文社、一九九四年）

立ちどまる／ことば／五右衛門／ファーブルさん

『小道の収集』（講談社、一九九五年）

最初の質問／ひそやかな音に耳澄ます

『記憶のつくり方』（晶文社、一九九八年）

少女と指／橋をわたる／階段／神島／ルクセンブルクのコーヒー茶碗

Haruki Bunko
ハルキ文庫

お 9-4

長田《おさだ》 弘詩集《ひろししいしゅう》 (新装版)

著者 長田《おさだ》 弘《ひろし》

2003年3月18日第一刷発行
2021年5月28日新装改訂版 第二刷発行

発行者 角川春樹

発行所 株式会社角川春樹事務所
〒102-0074 東京都千代田区九段南2-1-30 イタリア文化会館

電話 03(3263)5247(編集)
03(3263)5881(営業)

印刷・製本 中央精版印刷株式会社

フォーマット・デザイン 芦澤泰偉
表紙イラストレーション 門坂 流

ISBN978-4-7584-4244-2 C0192 ©2019 Hiroshi Osada Printed in Japan
http://www.kadokawaharuki.co.jp/ [営業]
fanmail@kadokawaharuki.co.jp [編集]　ご意見・ご感想をお寄せください。

食卓一期一会
長田弘

〈食卓は、ひとが一期一会を共にする場。人生はつまるところ、誰と食卓を共にするかということではないだろうか〉(後記より)「天丼の食べかた」「朝食にオムレツを」「ドーナッツの秘密」「パイのパイのパイ」「アップルバターのつくりかた」「ユッケジャンの食べかた」「カレーのつくりかた」——美味しそうなにおい、色、音で満ち溢れた幸福な料理と生きることの喜びが横溢する、食べものの詩六十六篇。(解説・江國香織)

深呼吸の必要
長田 弘

きみはいつおとなになったんだろう——繰り返す問いのなかに、子ども時代のきらめきを掬いあげる「あのときかもしれない」。さりげない日々の風景に、世界の豊かさと美しさを書きとめる「おおきな木」。人生のなかで深呼吸が必要になったときに、心に響いてくる言葉たち。散文詩二章三十三篇からなる、幸福な言葉の贈りもの。著者の代表詩集（解説・小川洋子）